도련님

도련님

나쓰메 소세키 글 ◉ 오석륜 옮김

가지 않은 길

도련님

초판 1쇄 발행 2013년 7월 15일
초판 7쇄 발행 2022년 11월 10일

글쓴이 | 나쓰메 소세키
옮긴이 | 오석륜
펴낸이 | 김사라
펴낸곳 | 해와나무
표지 그림 | 데니코
출판 등록 | 2004년 2월 14일 제312-2004-000006호
주소 | 서울특별시 영등포구 양산로23길 17 2층
전화 | (02)364-7675(내용), 362-7675(구입) | 팩스 (02)312-7675
ISBN | 978-89-6268-111-6 43830

KC 제조자명 : 해와나무　제조국명 : 대한민국　제조년월 : 2022년 11월 10일　대상 연령 : 8세 이상
전화번호 : 02-362-0938　주소 : 서울특별시 영등포구 양산로23길 17 2층
＊KC마크는 이 제품이 공통안전기준에 적합하였음을 의미합니다.
주의 : 책의 모서리에 다치지 않게 주의하세요.

|차례|

도련님•7

　1

　부모에게 물려받은 천성이 무모해서 어릴 때부터 손해를 많이 보았다. 초등학교에 다닐 때는 학교 2층에서 뛰어내려 일주일쯤 허리를 삔 적이 있다. 왜 그런 철없는 짓을 했냐고 묻는 사람이 있을지도 모르겠다. 별다른 이유가 있는 것은 아니었다. 새로 지은 건물 2층 창에서 바깥으로 고개를 내밀고 있는데, 같은 학년 녀석이 "아무리 잘난 체해도 거기에서 뛰어내릴 수는 없을걸? 이 겁쟁이야!" 하고 놀렸기 때문이다. 사환에게 업혀서 집으로 돌아오자 아버지가 눈을 부릅떴다.

　"겨우 2층에서 뛰어내려 허리를 삐는 놈이 어디 있느냐!"

　나는 대답했다.

　"다음번에는 삐지 않고 잘 뛰어내려 보겠습니다."

친척한테서 서양제 칼을 얻었을 때였다. 매끈한 칼날을 햇빛에 비추며 친구에게 자랑했더니, 한 녀석이 "날이 빛나기는 하지만 잘 들 것 같지는 않은데?"라고 했다.

"잘 안 들기는 왜 안 들어? 뭐든 잘라 보여 주마."

"그러면 네 손가락을 잘라 봐."

나는 "이까짓 손가락쯤이야." 하며 오른손 엄지손가락의 등 쪽을 비스듬히 힘껏 베었다. 다행히 칼이 작고 엄지손가락 뼈가 단단해서 아직까지도 손가락은 붙어 있다. 그러나 흉터는 죽을 때까지 없어지지 않을 것이다.

우리 집 정원에서 동쪽으로 스무 걸음쯤 가면 조그마한 채소밭이 있었다. 그리고 그 한가운데에 밤나무가 한 그루 있다. 이것은 나에게 목숨처럼 소중한 밤이었다. 밤이 익을 무렵이면 일어나자마자 뒷문으로 나가서 떨어진 밤을 주워 학교에 가서 먹었다. 채소밭 서쪽은 '야마시로야'라는 전당포 뜰과 이어져 있는데, 이 집에는 간타로라는 열서너 살 먹은 아들이 있었다. 간타로는 겁쟁이었다. 그런데 겁쟁이 주제에 대나무 울타리를 넘어서 밤을 훔치러 오고는 했다. 어느 날 저녁 무렵, 나는 문 뒤에 숨어 있다가 밤을 훔치는 간타로를 붙잡았다. 간타로는 도망갈 길이 없자, 기를 쓰고 덤벼들었다. 나보다 두 살쯤 나이가 많은 간타로는 겁쟁이기는 했지만 힘이 셌다. 크고 튀어나온 머리를 내 가슴에 들이대고 마구 밀어붙이는 바람에,

간타로의 머리가 미끄러져서 내 겉옷 소매 속으로 들어가 버렸다. 간타로의 머리 때문에 손을 마음대로 쓸 수가 없어서 닥치는 대로 손을 흔들었더니, 소매 속 간타로의 머리가 좌우로 흔들렸다. 고통에 못 이긴 간타로가 소매 속에서 내 팔을 물고 늘어졌다. 깜짝 놀란 나는 간타로를 울타리로 밀치고 다리를 걸어서, 전당포 쪽으로 쓰러뜨렸다. 간타로네 전당포는 우리 채소밭보다 여섯 자(약 1.8미터)가량 낮은 곳에 있었다. 간타로는 대나무 울타리를 절반쯤 무너뜨리고 자기네 땅에 거꾸로 떨어졌다. "으윽!" 하는 소리가 났다. 간타로가 나가떨어질 때 내 옷 한쪽 소매도 뜯어져서 한쪽 팔이 허전했다. 그날 밤, 어머니가 전당포에 사과하러 간 김에 한쪽 소매도 찾아 가지고 왔다.

이것 말고도 장난을 어지간히 쳤다. 목수 집 가네코와 생선 가게 가쿠를 데리고 모사쿠네 집 당근밭을 엉망으로 만든 적도 있다. 당근 싹이 막 나오려는 밭에 짚을 덮어 놓았는데, 그 위에서 셋이 반나절이나 씨름을 했다. 그랬더니 당근 싹이 전부 짓밟혀 버렸다.

후루카와네 집 논물을 막아 버린 적도 있다. 굵은 죽순대의 마디를 뚫어서 깊숙이 파묻으면 그곳으로 물이 솟아 나와 주변에 있는 벼에 골고루 물을 뿌리는 장치였다. 그때는 그것이 무엇인지 몰랐다. 그래서 돌과 나무막대기를 우물 속에 잔뜩 끼워 넣은 뒤, 물이 나오지 않는 것을 지켜보고서 집에 돌아왔다. 저녁을 먹고 있을 때

후루카와가 시뻘게진 얼굴로 소리치며 쫓아왔다. 이 일은 아마도 돈을 물어 주고 마무리되었던 것 같다.

아버지는 나를 전혀 귀여워하지 않았다. 어머니는 형만 편애했다. 얼굴이 무척 하얬던 형은 여배우 흉내 내는 걸 좋아했다. 아버지는 나를 볼 때마다 "이 녀석은 장차 사람 구실 못할 거야." 하며 못마땅하게 여겼다. 어머니도 내가 너무 말썽을 부린다며 걱정했다. 결국 나는 변변한 놈이 못되었다. 보시다시피 요 모양 요 꼴이니, 장래가 걱정되었던 것도 당연하다. 겨우 교도소에 가지 않고 살고 있을 뿐이다.

어머니가 병으로 돌아가시기 이삼일 전에 부엌에서 재주를 넘는 장난을 치다가 부뚜막 모서리에 갈비뼈를 부딪혔다. 어머니가 몹시 화를 내며 "너 같은 녀석의 얼굴은 보고 싶지도 않다."고 했다.

어머니를 피해 친척집에 가 있는데, 어머니가 돌아가셨다는 연락이 왔다. 그렇게 일찍 돌아가실 줄은 몰랐다. '좀 더 얌전하게 지낼걸.' 하고 후회하며 집으로 돌아왔다. 그런데 형이 나를 불효자식이라며, 어머니가 일찍 돌아가신 게 나 때문이라고 했다. 화가 나서 형의 따귀를 때렸다가 아버지한테 몹시 꾸중을 들었다.

어머니가 돌아가신 뒤로는 아버지랑 형이랑 셋이 살았다. 아버지는 본인도 아무 일도 하지 않으면서, 나만 보면 "네 놈은 안 돼, 안 돼." 하고 입버릇처럼 말했다. 무엇이 안 된다는 건지는 지금도 모르겠다. 참 별난 아버지였다. 형은 사업가가 된다면서 열심히 영어 공부를 했다. 여자 같은 성격에다 간사하고 잔꾀가 많아서 나와는 사이가 좋지 않았다. 열흘에 한 번 꼴로 싸움을 했다. 어느 날은 장기를 두는데, 비겁한 수를 써서 내가 당황해하자 재미있다는 듯 약을 올렸다. 너무나 화가 치밀어서 손에 들고 있던 장기짝을 미간에 집어던졌다. 미간이 터져서 피가 조금 났다. 형이 아버지에게 일러바쳤다. 아버지는 나와 연을 끊겠다고 했다.

그때는 나도 어쩔 수 없다고 포기하고 아버지가 말한 대로 연이 끊기는 각오를 하고 있었다. 그런데 10년 넘게 우리 집에서 일하고 있던 기요라는 하녀가 울면서 아버지에게 용서해 달라고 빌어서, 겨우 아버지의 노여움이 풀렸다. 그런데도 아버지가 무섭다는 생각은 들지 않았다. 다만 기요에게 미안할 뿐이었다. 기요는 원래 지체 있는 집안의 딸이었다고 하는데, 막부✛가 무너질 때 집안이 몰락하는 바람에 어쩔 수 없이 하녀 노릇을 하게 되었다고 한다. 그러니까 기요는 할머니였다. 이 할머니가 무슨 인연인지 나를 무척 귀여워해 주었다. 알 수 없는 일이다. 어머니도 돌아가시기 사흘 전에 나에게 정나미가 떨어지고, 아버지도 언제나 나를 골칫거리로 생각하고, 동네에서도 불량한 망나니로 여기는 나를 무턱대고 귀하게 여겨 주었

✛ **막부** : 무가 시대에 최고 권력자인 쇼군이 정치를 하던 곳

다. 나는 도저히 다른 사람이 좋아할 만한 성격은 아니라고 생각하고 있었기에, 남에게 인정받지 못하는 것은 아무렇지도 않았다. 오히려 기요처럼 나를 애지중지해 주는 것이 이상했다. 기요는 이따금 부엌에 사람이 없을 때, "도련님은 올곧고 좋은 성격이세요."라고 칭찬했다. 그러나 나는 기요가 왜 그런 말을 하는지 알 수가 없었다. 정말 좋은 성격이라면, 기요 말고 다른 사람들도 나에게 좀 더 잘 대해 줄 테니 말이다. 기요가 그런 말을 할 때마다 치켜세워 주는 건 싫다고 말했다. 그러면 기요는 "그러니까 좋은 성격이라는 거예요." 하면서 기특하다는 듯이 내 얼굴을 바라보았다. 자기가 생각하는 대로 나를 보고 있는 것 같아서 기분이 안 좋았다.

어머니가 돌아가시자 기요는 점점 더 나를 챙기고 예뻐했다. 때때로 어린 마음에 '왜 이렇게 나를 예뻐하는 걸까.' 하고 이상하게 생각하기도 했다. 기요가 쓸데없는 짓을 한다는 생각이 들다가도 가여운 마음이 들기도 했다. 기요는 이따금 자기 용돈으로 과자를 사 주었다. 추운 날 밤에는 몰래 메밀가루를 사 두었다가, 어느 틈엔가 머리맡에 따뜻한 메밀 미음을 가져다 놓기도 했다. 어떤 때는 냄비 우동도 사 주었다. 단지 먹는 것뿐만이 아니었다. 양말도 받고, 연필도 받고, 노트도 받았다. 이것은 훨씬 나중의 일이지만 돈을 3엔쯤 빌려 주기도 했다. 특별히 내가 빌려 달라고 한 것은 아니었다. 기요가 내 방으로 가지고 와서, "용돈이 없어서 곤란하지요? 이걸 쓰세요." 하며 준 것이다. 나는 물론 필요 없다고 했지만 군이 쓰라고 하기에 넣어 두었다. 사실은 몹시 기뻤다. 그런데 그 3엔이 든 지갑을 품속에 넣은 채 변소에 갔다가 똥통에 풍덩 빠뜨리고 말았다. 할 수 없이 어기적어기적 나와서 지갑을 빠뜨렸다고 기요에게 말했더니, 기요는 재빨리 대나무 막대기를 찾아 가지고 왔다. "건져 드릴게요." 하더니, 잠시 후 우물가에서 좍좍 소리가 났다. 가 보니, 대나무 끝에 걸린 지갑을 물로 씻고 있었다. 기요는 지갑을 열어 1엔짜리 지폐를 살폈다. 돈은 갈색으로 변해 무늬가 사라져 있었다. 기요는 돈을 화로에 말려서 "이만하면 됐지요?" 하고 내밀었다. 잠깐 냄새를 맡아 보고 "아이, 냄새나." 했더니, "그럼 이리 주세요. 바꿔다 드릴 테니." 하고 말했다. 그러고는 어디서 속임수를 썼는지 지폐 대신 은화 3엔을 가져왔다. 이 3엔을 무엇에 썼는지는 잊어버렸다. 금방 갚는다고 말만 하고 아직까지 갚지 않았다. 지금은 열 배로 갚고 싶어도 갚을 수가 없다.

기요가 무엇을 줄 때는 반드시 아버지도 형도 없을 때였다. 나는 누군가를 싫어한다고 해도 그 사람 몰래 나만 이익을 보는 것은 무척 싫어한다. 형과는 사이가 좋지 않았지만 형 몰래 기요에게서 과자나 색연필을 받고 싶지는 않았다. 왜 나한테만 주고 형에게는 주지 않는지 기요에게 물어본 적이 있다. 그러자 기요는 태연하게 말했다.

"형님은 아버님이 사 주시니까 괜찮아요."

하지만 이것은 불공평하다. 아버지는 완고하지만 그런 편애는 하지 않는 남자다. 그러나 기요의 눈에는 그렇게 보이지 않는 모양이었다. 정말 나를 향한 사랑에 푹 빠져 있었던 것이 틀림없다. 근본은 지체 있는 사람이었지만 교육을 받지 못한 할머니라서 어쩔 수 없다. 단순히 이것뿐만이 아니다. 편애는 무서운 것이었다. 기요는 내가 장차 출세해서 훌륭한 사람이 될 거라고 믿고 있었다. 그러면서도 열심히 공부하는 형은 살결만 희고 아무짝에도 쓸모가 없다고 단정 지었다. 이런 할머니를 당해 낼 수는 없다. 자기가 좋아하는 사람은 반드시 훌륭한 사람이 되고, 싫어하는 사람은 틀림없이 망한다고 믿고 있었다. 나는 그 당시에도 특별히 무엇이 되고 싶은 생각이 없었다. 그러나 기요가 "될 거다, 될 거다."라고 해서, 나 역시 무언가 될 수 있을 거라고 생각했다. 지금 생각하면 정말 어리석었다. 어떤 때는 기요에게 "무엇이 될까?" 하고 물어본 적이 있다. 그렇지만 기요에게도 특별한 생각이 없었던 것 같다. 그저 자가용을 타고 멋진 현관이 있는 집을 장만하게 될 거라고 했다.

기요는 내가 집을 장만해서 독립을 하게 되면 함께 살 생각을 하고 있었다. "제발 같이 있게 해 주세요." 하고 몇 번이나 부탁했다. 나도 어쩐지 집을 장만할 수 있을 것 같아서 "응. 같이 살게 해 줄게."라고 대답을 했다. 그렇지만 이 할머니는 상상력이 상당히 풍부한 사람이라 "도련님은 어디가 좋으세요? 고지마치 동네요? 아자부 동네요? 마당에는 그네를 달고요, 서양식 방은 하나면 충분해요." 하고 제멋대로 계획을 세웠다. 당시에는 집 같은 건 갖고 싶지도 않았다. 서양식 집이건 일본식 집이건 아무 생각이 없었다. 그래서 "그런 건 없어도 돼." 하고 말하면, 도련님은 욕심이 없고 마음이 예쁘다며 또 칭찬했다. 기요는 무슨 말을 하건 나에 대한 칭찬으로 끝을 맺었다.

어머니가 돌아가시고 나서 5, 6년 동안은 이런 상태로 살았다. 아버지께는 꾸중을 듣고, 형과는 싸움을 하고, 기요에게는 과자를 받았다. 종종 칭찬도 받았다. 별로 원하는 것도 없었고, 그 정도면 괜찮다고 생각했다. 다른 아이들도 대개는 그럴 거라고 생각하고 있었다. 그저 기요가 걸핏하면 "도련님은 불쌍하다. 행복해져야 한다."고 함부로 말을 하는 바람에 '나는 불쌍하고 행복하지 않은가 보다.' 하고 생각했다. 다른 걱정은 하나도 없었다. 다만 아버지가 용돈을 주지 않는 데는 질렸다.

어머니가 돌아가시고 6년째 되는 해에 아버지도 뇌졸중으로 돌아가셨다. 그해 4월, 나는 사립 중학교를 졸업했다. 형은 6월에 상업학교를 졸업했다. 형은 어떤 회사의 규슈✤ 지점에 자리가 있어 그곳

✤ **규슈** : 일본 열도를 구성하는 4개의 섬 가운데 가장 남쪽에 있는 섬

으로 가게 되었다. 나는 아직 도쿄에서 공부를 해야 하기에, 형은 집을 팔고 재산을 정리해서 규슈로 떠나겠다고 했다. 나는 형 마음대로 하라고 했다. 어차피 형의 신세를 질 생각은 없었다. 보살펴 준다고 해도 싸움만 할 테니까. 형도 분명 무언가 압박을 해 올 것이 뻔했다. 형에게 보호를 받게 되면 형에게 머리를 숙이지 않으면 안 될 터였다. 나는 우유 배달을 해서라도 혼자 살겠다는 각오를 했다.

형은 고물상을 불러들여 조상 대대로 전해 내려오는 잡동사니를 헐값에 팔아 버렸다. 집은 어떤 사람의 주선으로 어느 부자에게 넘겼다. 집을 판 것은 꽤 돈이 된 것 같지만, 자세한 것은 전혀 모른다. 나는 한 달 전부터 앞으로의 진로가 정해질 때까지 하숙을 하고 있었다. 기요는 자신이 10여 년 동안 살아오던 집이 다른 사람 손에 넘어가는 것을 매우 안타까워했다. 하지만 자기 집이 아니니 어쩔 수 없었다. "도련님이 조금만 더 나이를 먹었더라면 이 집을 상속받을 수 있었을 텐데." 하고 몇 번이나 푸념을 했다. 조금 더 나이를 먹어 상속을 받을 수 있는 거라면, 그 당시라도 상속받을 수 있었을 것이다. 기요는 아무것도 모르고 나이를 먹으면 집을 받을 수 있다고 믿고 있었다. 형과 나는 이렇게 정리했지만 곤란한 것은 기요였다. 형은 물론 기요를 데리고 갈 수 있는 처지도 아니고, 기요도 형의 꽁무니를 따라 규슈의 촌구석까지 갈 생각은 털끝만큼도 없어 보였다. 또 이때의 나는 다다미⧾ 네 장 반 크기의 싸구려 하숙방에 틀어박혀 있는 데다, 그곳마저도 여차하면 당장 비워 줘야 할 형편이었다. 별도리가 없어 기요에게 물어보았다. 어디 다른 집에서라도 일할 생각이냐고 했더니, "도련님이 집을 갖고 부인을 얻으실 때까지는 어쩔 수 없이 조카에게 신세를 지겠습니다."라고 대답했다. 이 조카는 재판소 서기로 우선 당장 생활 걱정은 없이 지내고 있었다. 그래서 지금까지 기요에게 오려면 오라고 두서너 번 권했다. 하지만 기요는 비록 남의집살이일 망정 오랫동안 살아온 정든 집이 좋다고 가지 않았다. 그러나 이번에는 모르는 집에 다시 들어가서 쓸데없는 신경을 쓰는 것보다 조카의 신세를 지는 쪽이 낫다고 생각했을 것이다. 이런 상황에서도 기요는 '빨리 집을 가지라느니', '아내를 얻으라느니', '와서 돌봐 드리겠다느니' 하고 말했다. 친척인 조카보다도 남인 내가 더 좋은 모양이었다.

규슈로 떠나기 이틀 전, 형이 하숙집에 와서 돈 600엔을 내놓았다. 그 돈을 종잣돈으로 장사를 하든, 학비로 해서 공부를 하든 마음대로 하라고 했다. 대신 앞으로는 내 일에 상관하지 않겠다고 했다. 지금까지 형이 해 온 일들을 생각해 보았을 때, 무척 기특하다고 할 수 있는 행동이었다. 그까짓 600엔쯤 안 받아도 괜찮다고 생각했지만 평소 때와 다른, 깔끔한 행동이 마음에 들었기 때문에 고맙

✛ **다다미** : 방에 까는 일본식 돗자리로 한 장당 가로 90센티, 세로 180센티이다.

다는 말을 하고 받았다. 그리고 형은 50엔을 내놓으며 그것을 기요에게 전해 달라고 했다. 두말 않고 승낙했다.

이틀 뒤에 정거장에서 헤어진 뒤로, 형과는 그 후 한 번도 만나지 못했다.

나는 잠자리에서 600엔을 어떻게 쓸지 생각했다. 장사를 해 봤자 귀찮은 데다 잘할 수 있을 것 같지도 않았다. 무엇보다 고작 600엔을 밑천으로 장사다운 장사를 할 수 있을 리가 없었다. 이런저런 생각 끝에 공부를 하기로 했다. 600엔을 삼등분해서 1년에 200엔씩 쓰면 3년간은 공부할 수 있을 것이다. 3년 동안 열심히 하면 뭐라도 되겠지, 하고 어느 학교에 들어갈까 생각했다. 하지만 원래 나는 배우는 걸 좋아하지 않는다. 특히 어학이나 문학 같은 것은 딱 질색이다. 시 같은 것은 단 한 줄도 이해를 못하겠다. 어차피 싫어하는 거라면 무엇을 하든 마찬가지라고 생각했다.

하지만 다행히 물리 학교 앞을 지나다가 학생 모집 광고가 붙어 있는 걸 보았다. 이것도 인연이다 싶어 서류를 받아서 바로 입학 수속을 해 버렸다. 지금 생각하니 이것도 부모로부터 물려받은 무모한 성격 때문에 일어난 실수였다.

3년 동안 그럭저럭 남이 하는 만큼 공부는 했지만 특별히 소질이 있는 편도 아니어서, 성적은 언제나 뒤에서부터 세는 것이 빨랐다. 그러나 다행스럽게도 3년이 지나자 졸업을 하게 되었다. 바로 졸업을 시켜 주는 것이 나 스스로도 의아했지만 불평할 이유도 없어서 얌전하게 졸업해 두었다.

졸업한 지 여드레째 되는 날, 교장이 부른다고 해서 무슨 일인가 하고 갔다. 그랬더니 시코쿠✛ 지방에 있는 어느 중학교에서 수학 교사가 필요하다고 했다. 월급은 40엔인데 갈 생각이 없냐는 이야기였다. 나는 3년 동안 공부는 했지만 그 당시 교사가 될 생각도, 시골에 갈 마음도 없었다. 그렇지만 교사 말고 다른 걸 하겠다는 목표도 없었기 때문에, 제의를 받자마자 가겠다고 승낙을 했다. 이것도 부모에게서 물려받은 막무가내 성격이 빌미가 된 것이다.

승낙한 이상 가지 않으면 안 된다. 3년 동안 다다미 네 장 반짜리 하숙방에 틀어박혀 잔소리는 한 번도 들은 적이 없었다. 싸움도 하지 않았다. 내 일생에서 비교적 평탄한 시절이었다. 그러나 이제 다다미 네 장 반짜리 하숙방도 내놓아야 했다. 세상에 태어나서 도쿄 외에 발을 디딘 곳은 반 친구들과 함께 가마쿠라✛에 소풍 갔을 때뿐이었다. 그런데 이번에는 가마쿠라 정도가 아니다. 아주 먼 곳까지 가야 한다. 지도를 보니 바닷가 마을이었다. 바늘 끝만큼 작게 보였다.

'어차피 변변한 곳은 아닐 것이다. 어떤 마을이고, 어떤 사람들이

✛ **시코쿠** : 일본 열도를 구성하는 4개의 섬 중 가장 작은 섬
✛ **가마쿠라** : 지금 기준으로 도쿄에서 1시간 30분 거리에 있는 유적지

살고 있는지 모른다. 몰라도 상관없다. 걱정할 것 없다. 단지 가기만 하면 된다.' 이렇게 마음먹었지만 사실 조금 귀찮아졌다.

집을 정리한 다음에도 기요한테는 종종 들렀다. 기요의 조카라는 사람은 의외로 좋은 사람이었다. 내가 갈 때마다 집에 있을 때면, 이 것저것 대접해 주었다. 기요는 나를 앞에 놓고 조카에게 내 자랑을 했다. 이제 학교만 졸업하면 시내에 집을 사고 관청에 다닐 거라는 등 허풍을 떤 적도 있다. 자기 멋대로 상상해서 떠들었다. 나는 민망해서 얼굴을 붉혔다. 그런 적이 한두 번이 아니었다. 내가 어렸을 때 자다가 오줌 싼 일까지 이야기하는 데는 질려 버렸다. 조카는 무슨 생각을 하며 기요가 나에 대해 하는 말을 듣고 있었을까. 기요는 옛날 사람이라서 자기와 나를 주인과 종의 관계처럼 생각하고 있었다. 자신의 주인이면 조카에게도 주인과 다를 바 없다고 생각했던 모양이다. 조카에게는 진짜 억울한 일이다.

어느덧 떠나기 사흘 전이었다. 기요를 찾아갔더니 감기에 걸린 채, 추운 북향의 다다미 세 장짜리 방에 누워 있었다. 내가 온 것을 보고 일어나 앉자마자 "도련님 언제 집을 사세요?" 하고 물었다. 졸업만 하면 돈이 저절로 주머니 속에서 마구 솟아나는 줄 안다. 그렇게 훌륭한 사람이라고 생각하면서 아직도 '도련님'이라고 부르다니 정말로 어이가 없다. 나는 간단하게 당분간 집은 안 사고 시골로 내려간다고 했더니, 몹시 실망한 모습으로 흐트러진 희끗희끗한 귀밑

머리를 자꾸만 매만졌다. 측은한 마음에 "가긴 가지만 곧 돌아와. 내년 여름방학에는 꼭 돌아올게." 하며 달랬다. 그래도 표정이 안 좋기에 "선물로 뭘 사다 줄까? 뭘 갖고 싶어?" 하고 물었더니, "에치고의 갈엿✛이 먹고 싶어요."라고 했다. 에치고의 갈엿 같은 것은 들어본 적도 없다. 우선 방향이 다르다. "내가 가는 시골에는 갈엿은 없을 것 같아."라고 말했더니, "어느 쪽인데요?"라고 되물었다. 서쪽이라고 하자, "하코네✛ 지나서예요? 그 앞이에요?" 하고 묻는다. 설명하자니 정말 난처했다.

출발하는 날에는 아침부터 와서 이것저것 챙겨 주었다. 오는 길에 잡화점에서 사 온 치약과 칫솔과 수건을 가방에 넣어 주었다. 그런 것은 필요 없다고 해도 들은 척도 하지 않았다. 인력거를 나란히 타고 정거장에 도착해 플랫폼에 섰다. 기요는 기차에 오른 내 얼굴을 물끄러미 바라보며 "이제 뵙지 못할지도 모릅니다. 부디 몸조심하세요."라고 작은 소리로 말했다. 눈에 눈물이 그득했다. 나는 울지 않았지만 조금이라도 더 있었으면 울었을 것이다. 기차가 어느 정도 움직이고 나서 이제 갔겠지 싶어 창문으로 머리를 내밀어 뒤돌아보았다. 아직도 기요가 거기 서 있었다. 왠지 아주 작아 보였다.

✛ **에치고의 갈엿** : 에치코는 지금의 니가타 현으로, 갈엿은 조릿대 잎으로 싼 엿이다
✛ **하코네** : 도쿄에서 120킬로미터 거리에 있는 관광지

2

뿌우 하고 배가 멈추자, 거룻배가 해안을 떠나 노를 저어 왔다.
사공은 발가벗은 몸에 빨간 훈도시⁺만 차고 있었다. 야만스러운 곳
이다. 하기야 이런 더위에서는 옷을 입고 일할 수도 없을 것이다. 햇
빛이 강렬해서 물이 유난히 반짝였다. 바라보고만 있어도 눈이 부셨
다. 승무원에게 물어보니, 나는 여기에서 내려야 한다고 했다. 보기
에도 아주 작은 어촌 마을이었다. 이런 곳에서 어떻게 견딜 수 있을
까 하는 생각이 들었지만 어쩔 수 없는 일이다. 거룻배에 가장 먼저
뛰어들었다. 이어서 대여섯 명이 탔다. 큰 상자를 네 개쯤 더 싣고,
빨간 훈도시는 노를 저어 해안으로 되돌아갔다. 나는 뭍에 도착했

⁺ **훈도시** : 남성의 성기를 가리는 좁고 긴 천

을 때도 맨 먼저 내렸다. 해변에 서 있던 코흘리개 꼬마를 붙잡고 중학교가 어디인지 물었다. 꼬마는 멍하니 서서 "모르겠는데요."라고 했다. 멍청한 촌놈 같으니. 손바닥만 한 동네에서 중학교가 어디 있는지도 모르는 놈이 어디 있단 말인가. 마침 그때 희한하게 생긴 통소매 옷을 입은 남자가 다가와 따라오라는 손짓을 했다. 뒤따라갔더니 '미나토야'라는 여관으로 데리고 갔다. 여자들이 소리를 맞추어 "올라오세요." 하는 바람에 올라가기가 싫어졌다. 문간에 들어서자마자 중학교를 가르쳐 달라고 했다. 중학교는 여기에서 기차로 2리(8킬로미터) 정도 가야 한다는 말을 듣고 나자, 여관에 들어가기가 더 싫어졌다. 나는 통소매 옷을 입은 남자한테서 내 가방을 뺏어 들고 느릿느릿 걸어 나왔다. 여관 사람들은 어리둥절한 얼굴을 했다.

정거장은 바로 알 수 있었다. 차표도 손쉽게 샀다. 타고 보니 성냥갑 같은 기차다. 덜거덕덜거덕 한 5분쯤 움직인 것 같은데 어느새 내릴 곳이 되었다. 어쩐지 표가 싸다고 생각했다. 겨우 3전이었다. 인력거를 타고 중학교에 갔더니 이미 수업이 끝난 뒤였고 아무도 없었다. 숙직 담당 선생님은 잠깐 볼일을 보러 나갔다고 사환이 알려 주었다. 참 편한 숙직이 다 있다. 교장이라도 만나 볼까 했지만, 피곤하다는 생각에 인력거를 타고 여관으로 가 달라고 했다. 인력거꾼은 힘차게 움직여 '야마시로야'라는 여관 앞에 내려 주었다. 간타로네 전당포 가게 이름과 같아서 조금 흥미로웠다.

어찌된 일인지 2층 계단 밑의 어두컴컴한 방으로 안내되었다. 도무지 더워서 있을 수가 없었다. 종업원에게 이런 방은 싫다고 했더니 공교롭게도 다른 방은 모두 다 찼다고 하면서, 가방을 던져 놓은 채 나가 버렸다. 할 수 없이 방에 들어가 땀을 흘리며 견뎠다. 조금 지나니 목욕을 하라고 해서 탕에 풍덩 뛰어들어 갔다가 바로 나왔다. 목욕탕에서 오는 길에 들여다보았더니 시원해 보이는 방이 많이 비어 있었다. 무례한 놈들이다. 거짓말을 하다니. 잠시 후 종업원이 밥상을 들고 왔다. 방은 더웠지만 밥은 도쿄의 하숙집보다 훨씬 맛있었다. 시중을 들던 종업원이 어디에서 왔냐고 묻기에 도쿄에서 왔다고 대답했다.

"도쿄는 좋은 곳이지요?"

"물론이지요."

상을 물리고 나니 종업원이 부엌에 가서 뭐라고 했는지, 크게 웃는 소리가 들렸다. 심심해서 바로 잠자리에 들었지만 좀처럼 잠이 오지 않았다. 덥기만 한 것이 아니었다. 시끄러웠다. 하숙집의 다섯 배쯤은 시끄럽다. 꾸벅꾸벅 졸다가 기요의 꿈을 꾸었다. 기요가 에치고의 갈엿을 조릿대 잎사귀까지 몽땅 게걸스럽게 먹었다. 조릿대 잎은 먹지 말라고 하니까 "아니요. 이 조릿대 잎이 약입니다." 하며 맛있게 먹었다. 나는 어이가 없어서 입을 크게 벌려 "하하하하." 웃다가 잠이 깼다. 하녀가 덧문을 열고 있었다. 여전히 맑은 날씨였다. 여행을 하면 팁을 줘야 한다고 들었다. 팁을 안 주면 푸대접을 당한다고 했다. 나를 이렇게 좁고 어두침침한 방에 집어넣은 것도 팁을 주지 않은 탓일 것이다. 초라한 행색을 하고, 천으로 만든 가방과 박쥐우산⁺을 들었기 때문이다. '촌놈들 주제에 사람을 깔봤구나. 팁을 주어 놀라게 해 줘야지.' 하고 마음먹었다. 나는 이래 봬도 학비하고 남은 30엔쯤을 주머니에 넣고 도쿄를 떠나왔다. 기차와 뱃삯과 잡다하게 쓴 돈을 빼고도 아직 14엔 정도 남아 있었다. 이걸 다 준다고 해도 이제부터는 월급을 받을 테니까 문제없다. 촌놈들은 쩨쩨하니까 5엔만 주면 놀라서 눈이 휘둥그레질 것이다. '어떻게 하나 볼까?' 하며 시치미를 떼고서는 세수를 하고 방에 돌아와 기다리고 있었다. 어제저녁에 왔던 그 종업원이 상을 가지고 왔다. 쟁반을 들고 시중을 들면서 이상하게도 싱글싱글 웃었다. 무례한 계집이다. 내 얼굴에 구경거리가 있는 것도 아닐 텐데. 식사가 끝난 뒤에 주려고 생각하고 있었지만, 부아가 치밀어 도중에 5엔짜리 지폐 한 장을 꺼냈다. 그러고는 나중에 계산대에 가져다 주라고 했더니, 종업원은 놀란 표정을 지었다. 식사를 끝내고 곧장 학교로 갔다. 역시나 여관에서는 구두도 닦아 놓지 않았다.

⁺ **박쥐우산** : 가는 쇠로 살을 만들어 헝겊을 씌운 우산. 펼쳤을 때 박쥐 모양이다

학교는 어제 인력거로 가 보았기 때문에 위치는 대강 알고 있었다. 사거리를 두세 번 돌자 바로 정문이 나왔다. 문에서 현관까지는 화강암이 빈틈없이 깔려 있었다. 어제 이 돌 위를 인력거로 지날 때 덜커덕덜커덕 소리가 무척 크게 났었다. 도중에 여름 교복을 입은 학생들을 많이 만났는데, 모두들 이 문으로 들어오고 있었다. 그중에는 나보다 키가 크고 힘도 더 세 보이는 녀석도 있다. 저런 녀석들을 가르쳐야 한다고 생각하니 어쩐지 암담한 기분이 들었다.

교장실로 안내되었다. 교장은 수염이 듬성듬성하고 얼굴색이 검고 눈이 커다란, 너구리같이 생긴 남자였다. 유별나게 점잔을 빼고 있었다. 성의껏 일해 달라고 하면서, 커다란 도장이 찍힌 임명장을 무슨 귀한 거라고 된다는 듯 조심스럽게 내밀었다. 훗날 이 임명장은 도쿄로 돌아올 때 둥글게 말아서 바닷속에 던져 버렸다. 교장은 다른 교직원들에게 소개할 때 인사하면서 일일이 이 임명장을 보여 주라고 일러 주었다. 괜한 헛수고다. 그런 귀찮은 일을 하기보다는 이 임명장을 사흘 동안 교무실에 붙여 두는 편이 나을 텐데.

교직원들이 교무실에 전부 모이려면 수업이 끝나는 종이 울려야 한다고 했다. 꽤 시간이 남았다. 교장은 시계를 꺼내 보고 말했다.

"앞으로 천천히 얘기하겠지만 우선 대략적인 것을 이해해 주기 바랍니다."

그러면서 교육 정신에 대해서 긴 연설을 했다. 나는 물론 적당히 건성으로 듣고 있었지만, 듣다 보니 '이거 큰일 날 곳에 왔구나.' 하는 생각이 들었다. 교장이 말한 대로는 도저히 할 수가 없다. 나같이 무모한 사람을 붙잡고서 학생의 모범이 되라는 둥, 스승으로서 우러러보이게 하라는 둥, 학문 외에 덕성으로 가르치지 않으면 교육자가 될 수 없다는 둥 지나치게 엄청난 요구를 했다. 그런 훌륭한 사람이 월급 40엔에 팔려서 이런 먼 촌구석까지 온단 말인가.

사람이 사는 모습은 거의 비슷하다. 화가 나면 싸움 정도는 누구라도 할 수 있다고 생각하고 있지만, 이런 분위기라면 함부로 입도 못 열 것이다. 산책도 못 하겠지. 이렇게 어려운 역할이라면 채용하기 전에 이러이러하다고 말을 했어야 하지 않는가.

나는 거짓말하는 것이 싫다. 그래서 속아서 여기에 온 거라고 말하고 깨끗이 거절하고 돌아가 버릴까 하는 생각도 들었다. 하지만 여관에 5엔을 주었기 때문에, 주머니 속에는 9엔 몇 십 전밖에 없다. 9엔으로는 도쿄까지 돌아갈 수 없다. 팁 같은 것은 주지 말 걸 그랬다. 쓸데없는 짓을 했다. 하지만 9엔이라 해도 어떻게 안 될 것도 없다. 여비는 모자라지만 거짓말하는 것보다는 낫다고 생각하고 "교장 선생님 말씀하신 대로는 도저히 할 수 없습니다. 이 임명장은 돌려 드리겠습니다."라고 말했다. 그랬더니 교장이 너구리 같은 눈을 껌벅이면서 내 얼굴을 바라보았다. "지금 한 말은 그저 희망 사항입니다. 이 말대로 할 수 없다는 건 잘 알고 있으니까 걱정하지 마세요.” 하며 웃었다. 그렇게 잘 알고 있다면 처음부터 겁을 주지 말았어야지.

그러는 동안에 종이 울렸다. 교실 쪽이 갑자기 와자지껄하다. “이제 교직원들도 교무실에 모였을 겁니다.”라고 말하는 교장을 따라 교무실로 들어갔다. 넓고 길쭉한 방에 책상을 나란히 놓고 모여 앉아 있었다. 내가 들어가자 모두 약속이라도 한 듯 일제히 내 얼굴을 쳐다보았다. 내가 구경거리도 아니고. 나는 교장이 일러 준 대로 한 사람 한 사람 앞에 가서 임명장을 보여 주며 인사를 했다. 대개는 의자에서 일어나 허리만 약간 굽힐 뿐이었지만 주의 깊은 사람은 내민 임명장을 받아서 살펴본 뒤 정중하게 돌려주었다. 마치 절에서 하는 엄숙한 연극 흉내를 내는 것 같았다. 열다섯 번째로 체육 선생 순서가 되자 같은 일을 몇 번이나 되풀이하는 것이 지겨워졌다. 상대는 한 번으로 끝나지만, 이쪽은 똑같은 행동을 열다섯 번 되풀이하고 있었다. 조금은 이쪽 마음도 헤아렸으면 좋겠는데.

인사를 한 사람 중에는 교감이라는 사람이 있다. 그 사람은 문학사라고 했다. 문학사라고 하면, 문학을 전공한 대학 졸업생이니까 훌륭한 사람일 터다. 그런데 이상하게 여자처럼 나긋나긋한 목소리를 내는 사람이었다. 게다가 더욱 놀란 것은 이렇게 더운데도 모직 셔츠를 입고 있다는 점이었다. 얇은 천이기는 하지만 몹시 더울 게 뻔했다. 문학사답게 거추장스럽기 짝이 없는, 고생스러운 복장을 하고 있었다. 더구나 그것이 빨간 셔츠여서 다른 사람을 바보 취급 하는 것 같다. 나중에 들었더니 이 남자는 일 년 내내 빨간 셔츠를 입는다고 했다. 별 희한한 병도 다 있네. 본인의 설명으로는 빨강 이 몸에 약이 되기 때문에 건강을 위해서 일부러 입는다고 한다. 정 말 쓸데없는 걱정이다. 그렇다면 입는 김에 바지도 빨강으로 할 것 이지.

그리고 영어 선생인 '고가'라고 하는, 안색이 상당히 안 좋은 남자 가 있다. 대개 얼굴색이 창백한 사람은 야윈 법인데 이 남자는 야윈 데도 부어 있다. 옛날에 초등학교에 다닐 때 같은 학년에 있던 아이 의 아버지 역시 이런 얼굴색이었다. 그 아저씨는 농사꾼이어서, 농사 꾼들은 얼굴색이 저러냐고 기요에게 물어보았었다. 기요는 "그렇지 않아요. 그 사람은 끝물 호박만 먹으니까 창백하게 부은 거예요." 하고 가르쳐 주었다. 그 뒤로는 창백하게 부은 사람을 보면, 분명 끝물 호박을 먹었기 때문이라고 생각하게 되었다. 이 영어 선생도 끝 물 호박만 먹고 있는 것이 분명했다. 하지만 끝물 호박이란 것이 무 엇인지 아직도 모른다. 기요에게 물어본 적은 있지만 웃으며 대답해 주지 않았다. 아마 기요도 모르는 모양이었다.

나와 같은 수학 선생으로, '홋타'라는 사람이 있다. 이 사람은 몸 이 억세 보이는 까까머리로, 절의 스님같이 생겼다. 내가 정중하게 임명장을 보여 주는데도 거들떠보지도 않고 "야아, 자네가 새로 왔

나. 놀러 오게나. 아하하하."라고 했다. 뭐가 "아하하하."야. 이런 예의도 모르는 놈한테 누가 놀러 간단 말이냐. 나는 이 까까머리한 테 '거센 바람'이라는 별명을 붙여 주었다.

한문 선생은 역시 격식을 차렸다. "어제 도착하셔서 많이 고단하실 텐데, 그런데도 벌써 수업을 시작하신다니, 상당히 열심이시고⋯⋯." 하며 끊임없이 말하는 붙임성 있는 영감님이었다.

미술 선생은 그야말로 예술가 스타일이다. 하늘하늘한 비단 하오리✢를 입고 부채를 접었다 폈다 하며 말했다. "고향은 어디십니까? 네? 도쿄요? 이거 참 반갑네요. 고향 친구가 생겨서. 이래 봬도 저도 도쿄 토박이랍니다." '이런 사람이 도쿄 토박이라면 도쿄에는 태어나고 싶지도 않다.'고 마음속으로 생각했다. 이 밖에 한 사람 한 사람에 대해 이런저런 생각을 쓰려면 끝이 없으니 그만두자.

인사가 대충 끝난 다음, 교장은 "오늘은 이만 돌아가도 좋습니다. 수업에 관한 것은 수학 주임과 상의하고, 모레부터 수업을 시작해 주세요."라고 했다. 수학 주임이 누구냐고 물었더니 바로 아까 그 거센 바람이란다. 이런! 그런 녀석 밑에서 일을 해야 하다니. 맙소사. 실망이었다.

"이봐, 자네 숙소를 어디다 정했나? 야마시로야? 그래, 곧 가서 상

✢ 하오리 : 위에 입는 짧은 겉옷

의하겠네."

거센 바람은 자기 할 말만 하고 분필을 가지고 교실로 가 버렸다. 자기가 주임이면서 나를 찾아와서 상의를 하겠다니, 상식 없는 사람 같으니. 불러내지 않는 건 고맙지만.

교문을 나와서 바로 숙소로 돌아갈까 하다가 돌아간다고 해도 별로 할 일도 없기 때문에 마을을 산책하기로 했다. 아무 데고 발길 닿는 대로 돌아다녔다. 현청도 보았다. 오래된, 앞선 세기의 건축이었다. 병영도 보았다. 큰 거리도 보았는데 도쿄 거리 절반 정도의 폭으로 거리 풍경은 별로 볼 게 없었다. 25만 석의 큰 성하✛라고 하더니 보잘것없다. 이런 곳에 살면서 성에 산다고 뽐낼 인간들이 불쌍했다. 어느새 여관 앞에 다다랐다. 이걸로 대충 다 둘러본 것 같아서 돌아가 밥이나 먹자, 하고 현관에 들어섰다. 계산대에 앉아 있던 안주인이 내 얼굴을 보자 갑자기 뛰어나왔다. "이제 오십니까?" 하며 마룻바닥에 코가 닿도록 절을 했다. 구두를 벗고 올라가자 "좋은 방이 났습니다." 하며 2층으로 안내를 했다. 다다미 열다섯 장짜리 방으로 커다란 도코노마✛가 붙어 있다. 나는 세상에 태어나서 지금까지 이렇게 훌륭한 방에 들어가 본 적이 없다. 앞으로 또 언제 이

✛ **25만 석의 큰 성하** : 25만석 정도의 쌀농사를 지을 수 있는 곳으로 성을 중심으로 발달된 지역
✛ **도코노마** : 방 위쪽에 바닥을 한층 높게 만든 곳으로, 벽에는 족자를 걸고 바닥에는 꽃이나 장식물을 꾸며 놓는다

런 방에 들어갈 수 있을까 하며, 옷을 벗고 유카타✛ 한 장만 걸치고 방 한가운데 큰 대자로 누워 보았다. 기분이 좋았다.

점심을 먹고서 기요에게 편지를 썼다. 나는 문장력이 없는 데다가 글자도 잘 틀려서 편지 쓰는 것을 매우 싫어한다. 마땅히 보낼 만한 곳이 없기도 했다. 하지만 기요는 궁금해할 것이다. 풍랑을 만나 죽지나 않았을까, 하는 걱정을 끼치면 안 되니까 큰맘 먹고 길게 편지를 써서 보냈다. 그 내용은 이렇다.

어제 도착했어. 보잘것없는 곳이야. 다다미 열다섯 장짜리 방에 묵고 있어. 여관에 팁을 5엔 주었지. 그랬더니 안주인이 코가 땅에 닿도록 절을 해. 어제저녁에는 잠을 잘 수 없었어. 기요가 갈엿을 조릿대 잎째로 먹는 꿈을 꾸었거든. 내년 여름에는 돌아갈 거야. 오늘은 학교에 가서 만난 모두에게 별명을 붙였어. 교장은 '너구리', 교감은 '빨간 셔츠', 영어 선생은 '끝물 호박', 수학은 '거센 바람', 미술은 '알랑쇠'. 조만간 여러 가지 일들을 자세히 써서 보낼게. 안녕.

편지를 다 쓰고 나니 기분이 좋아져서 졸음이 몰려왔다. 아까처럼 방 한가운데에 느긋하게 큰 대자로 누워서 자 버렸다. 이번에는

✛ 유카타 : 평상복으로 입는 일본 전통 옷

아무런 꿈도 꾸지 않고 푹 잤다.

"이 방인가?" 하는 큰 소리가 나서 눈을 뜨니, 거센 바람이 들어왔다. "아까는 실례했네. 자네 담당은……." 하며 내가 일어나 앉자마자 이야기를 시작했기 때문에 몹시 당황했다. 맡은 일을 들어 보니 별로 어려운 것도 아닌 것 같아서 받아들였다. 그 정도 일이라면 모레가 아니라 내일부터 시작하라고 했어도 놀라지 않았을 것이다. 수업에 대한 의논이 끝나자 "언제까지고 이런 여관에 있을 생각은 아니겠지? 내가 좋은 하숙을 찾아 줄 테니까 옮기게. 다른 사람이라면 어렵겠지만 내가 얘기하면 바로 옮길 수 있네. 빠를수록 좋을 테니 오늘 가 보고, 내일 옮기고, 모레부터 출근하면 딱 좋겠군." 하고 혼자 다 결정해 버렸다. 하긴 다다미 열다섯 장짜리 방에 언제까지고 있을 수도 없었다. 월급을 고스란히 숙박료로 내놓아도 모자랄지 모른다. 팁을 5엔씩이나 후하게 주고 바로 옮기는 건 좀 아깝지만 어차피 옮길 바에는 빨리 이사해서 안정을 찾는 것이 좋을 테니까. 그 부분은 거센 바람에게 부탁하기로 했다. 그러자 거센 바람이 무조건 같이 가 보자고 해서 따라나서게 되었다.

집은 마을 변두리의 언덕 중턱에 있었는데 아주 조용했다. 주인은 골동품을 사고파는 이카긴이라는 남자이고, 아내는 남편보다 네 살쯤 더 많은 여자다. 중학교에 다닐 때 윗치(마녀)라는 단어를 배운 적이 있는데, 이 마누라는 완전히 그 윗치를 닮았다. 윗치라고 하더라도 남의 마누라니까 상관없다. 결국 짐은 내일 옮기기로 했다. 돌아가는 길에 거센 바람이 빙수를 한 그릇 사 주었다. 학교에서 만났을 때는 무척 건방지고 무례한 사람이라고 생각했는데, 이것저것 보살펴 주는 것을 보니 나쁜 사람은 아닌 것 같았다. 단지 나처럼 성급하고 화를 잘 내는 것 같다. 나중에 들으니 이 남자가 학생들 사이에서 가장 인기가 많다고 한다.

3

　드디어 학교에 나갔다. 처음으로 교실에 들어가 높다란 교단에 올라섰을 때는 왠지 기분이 이상했다. 수업을 하면서 '나 같은 사람도 선생을 할 수 있을까.' 하는 생각을 했다. 학생들은 소란스러웠다. 가끔 두드러지게 큰 소리로 "선생님!" 하고 부른다. 선생님이란 말에는 지극을 받았다. 지금까지 물리 학교에서 날마다 "선생님, 선생님." 하고 불렀지만, 선생님이라고 부르는 것과 불리는 것은 천지 차이였다. 어쩐지 발바닥이 근질근질했다. 나는 비겁한 인간도 아니고 겁쟁이도 아니지만, 아쉽게도 담력이 부족하다. 선생님이라고 큰 소리로 불리면, 배고플 때 정오를 알리는 사이렌 소리를 들었을 때와 같은 기분이 든다. 첫 시간은 어쩐지 적당히 하게 되었다. 하지만 별로 곤란한 질문도 받지 않고 끝났다. 교무실에 돌아오니, 거센 바람이 어땠냐고 묻는다. "뭐." 하고 간단히 대답했더니 안심하는 눈치다.

2교시에 분필을 들고 교무실을 나왔을 때는 왠지 적진에 뛰어드는 듯한 기분이 들었다. 교실에 들어가니 이번 반은 앞반보다 덩치 큰 녀석들이 많았다. 나는 도쿄 토박이로 호리호리하고 자그마하게 생겼기 때문에 높은 곳에 올라가도 위엄이 별로 없다. 싸움이라면 씨름꾼하고라도 해 볼 용기가 있지만, 이런 덩치 큰 까까머리 40명을 단지 혀 하나로 제압할 재주는 없다. 하지만 이런 촌놈들한테 약점을 보이면 안 된다. 될 수 있는 한 큰 목소리를 내서 약간 혀가 꼬부라진 빠른 말투로 수업을 했다. 처음 얼마 동안은 학생들도 얼이 빠진 듯 멍하니 듣고 있기에, 보란 듯이 점점 더 의기양양해서 깔보는 말투를 썼다. 그랬더니 맨 앞줄 가운데에 있던, 힘세 보이는 녀석이 갑자기 벌떡 일어서서 "선생님." 하고 부른다. '어이쿠, 올 것이 왔구나.' 하고 왜 그러느냐고 물었다.

"너무 빨라서 못 알아 듣겠으니까 조금 천천히 해 줄 수 없겠시유, 예?" '해 줄 수 없겠시유, 예?'는 흐리멍덩한 말투다.

"너무 빠르다면 천천히 말해 주겠지만, 나는 도쿄 토박이라서 너희들 말은 쓰지 못한다. 알아듣지 못한다면 알아들을 수 있을 때까지 기다리는 것이 좋겠다."

이런 식으로 둘째 시간도 생각했던 것보다 순조로웠다. 다만 교실을 나오려고 할 때, 한 녀석이 "잠깐 이 문제 좀 풀어 주지 않겠남유, 예?" 하며 풀 수도 없을 것 같은 문제를 가지고 대드는 바람에 진땀을 뺐다. "모르겠다. 다음에 가르쳐 줄게." 하며 서둘러 교실을 나왔더니, 학생들이 "와아!" 하고 소리를 질렀다. 그중에 "못한대요오. 못한대요오." 하는 소리가 들려온다. 바보 같은 놈들! 선생이라도 모르는 게 있는 건 당연하지. 모르는 것을 모른다고 하는 게 뭐가 이상하냐. 그런 걸 풀 수 있다면 누가 40엔을 받고 이런 시골에 오겠냐며 교무실로 돌아왔다. 이번에는 어땠냐고 또 거센 바람이 물었다. "뭐."라고 말했지만, "뭐."만으로는 성이 차지 않아서, "이 학교 학생들은 죄다 멍청이다."라고 말했다. 거센 바람은 알 수 없는 표정을 지었다.

3교시도 4교시도 점심 이후의 한 시간도 별로 차이가 없었다. 첫날 들어간 학급에서는 어디에서도 조금씩 실수를 했다. 교사란 옆에서 보는 것만큼 쉽지 않다고 생각했다. 수업은 대강 끝났지만 아직 집에 돌아갈 수 없었다. 3시까지 우두커니 기다려야 했다. 3시가 되면 담임을 맡은 반 학생이 자기네 교실을 청소하고 알리러 오는데, 청소 검사를 해야 한다고 한다. 그 뒤에는 출석부를 대강이라도 훑어보며 정리해야 겨우 짬이 난다. 아무리 월급에 매인 몸이라 해도, 빈 시간까지 학교에 붙들어 두고 책상과 눈싸움을 시키는 법이 어디 있단 말인가. 그러나 다른 사람들은 모두 얌전히 규칙대로 하고 있으니까, 신참인 나만 떼를 쓸 수 없어 참고 있었다. 돌아가는 길에 "이봐, 무조건 3시 넘어서까지 학교에 있으라는 건 어리석은 짓이네." 라고 거센 바람에게 호소했더니, 거센 바람은 "그렇지. 아하하하." 하고 웃었다. 하지만 잠시 후 정색을 하며 "자네, 학교에 너무 불평을 하면 안 되네. 말하려면 내게만 해. 별 이상한 사람들도 있으니까 말이야." 하며 충고 비슷한 말을 했다. 사거리에서 헤어졌기 때문에 자세한 이야기는 물어볼 틈이 없었다.

그리고 집으로 돌아오자, 하숙집 주인이 "차 한 잔 끓일까요?" 하면서 들어온다. 차를 끓인다고 해서 대접을 해 주나 보다 했는데, 내 차를 거리낌 없이 넣고 자기가 마시는 것이 아닌가. 내가 없는 동안에도 자기 멋대로 '차 한 잔 끓일까요?' 하고 묻고 혼자 차를 마실지도 모른다. 주인이 말하길 "저는 서화 골동품을 좋아해서, 이런 장사를 하게 되었습니다. 선생님도 보아하니 풍류를 퍽 즐기실 것 같은데, 어디 한번 취미 삼아 시작해 보는 것이 어떻겠습니까?" 하며 터무니없는 권유를 한다. 2년 전에 어떤 사람의 심부름으로 제국호텔에 갔을 때, 열쇠 수리공으로 오인받은 일이 있다. 담요를 뒤집어쓰고 가마쿠라✝의 대불상 구경을 갔을 때는 인력거꾼에게서 나으리라는 소리를 들은 적도 있다. 이 밖에도 지금까지 오해를 받은 일이

✝ **가마쿠라** : 800년의 역사를 지닌 고도로, 12세기 말부터 150년간 일본 정치의 중심지였던 곳

꽤 있지만, 나를 붙들고 풍류를 퍽 즐길 것 같다고 한 사람은 없었다. 대개는 차림새나 모습으로도 알 수 있다. 풍류를 즐기는 사람은 그림을 보더라도 그럴 듯한 옷차림을 하거나 단자쿠＋ 정도는 들고 있는 법이다. 그런데 이런 나를 두고 풍류를 즐길 것 같다며 진지하게 말하다니……. 장삿속이 뻔히 보이는 수작이다. 나는 한가한 노인네들이나 하는 그런 일은 싫어한다고 했더니, 주인은 "헤헤헤헤." 웃었다. "아니요, 처음부터 좋아하는 사람은 아무도 없습니다. 일단 이 길로 들어서면 좀처럼 헤어날 수 없지요." 하며 혼자서 차를 따르고 묘한 손놀림으로 마셨다. 어제저녁에 주인에게 사다 달라고 부탁한 차인데 이런 쓰고 진한 차는 싫다. 한 잔이라도 마시면 위에 부담을 줄 것 같다. 다음부터는 좀 쓰지 않은 것을 사다 달라고 했더니, 알겠다며 또 한 잔을 따라서 마셨다. 남의 차라고 함부로 마시는 영감이다. 주인이 물러가고 난 다음에 내일 가르칠 곳을 한번 훑어보고 바로 자 버렸다.

   그 뒤로는 날마다 학교에 나가서 규칙대로 일하고 집에 돌아오면, 하숙집 주인이 "차를 끓일까요?" 하며 나온다. 한 일주일가량 지나자 학교 일도 대강 익혔고, 하숙집 부부의 인품도 대충 알 수 있었다. 어떤 교사가 나에게 임명받고 나서 일주일에서 한 달 정도 사

＋ **단자쿠** : 시가 등을 적는 두껍고 좁은 종이

이에는 자신의 평판이 좋은지, 나쁜지 상당히 신경 쓰일 거라고 했다. 하지만 나는 전혀 신경 쓰이지 않았다. 교실에서 이따금 실수를 하면 당장은 기분이 나쁘지만, 30분 정도 지나면 깨끗이 잊어버린다. 나는 무슨 일이든지 두고두고 걱정하려고 해도 할 수 없는 남자다. 교실에서의 실수가 학생들에게 어떤 영향을 주고, 그 영향이 교장이나 교감에게 어떻게 보일지에 대해서는 전혀 무관심했다. 나는 앞서 말한 것처럼 그다지 배짱이 두둑한 사나이는 못 되지만, 포기하는 것은 대단히 잘하는 사람이다. 이 학교가 안 되면 바로 어디로든 갈 생각이었기 때문에 교장인 너구리도, 교감인 빨간 셔츠도 조금도 두렵지 않았다. 그러니 하물며 교실의 애송이들 따위에게 환심을 사고 비위를 맞추는 말을 할 리가 없었다.

학교는 그런대로 괜찮았지만, 하숙 쪽에서는 그렇게 되지 않았다. 주인이 차만 마시러 온다면 참을 수 있겠지만, 여러 가지 물건들을 가지고 오는 게 문제였다. 처음 가지고 온 것은 무슨 도장 재료인데 열 개 정도를 늘어놓고는 "모두 해서 3엔이면 아주 싼 거지요. 사세요." 한다. 시골로 돌아다니는 엉터리 화가도 아니고 그런 건 필요가 없다고 했다. 그랬더니 이번에는 가잔인가 뭔가 하는 남자가 그린 화조도† 족자를 가져왔다. "솜씨가 좋지 않습니까?" 하기에,

⁜ **화조도** : 꽃과 새를 소재로 그린 그림

"그런가요?" 하고 적당히 대답을 했더니, 가잔에는 둘이 있다며 설명을 시작했다. 한 명은 무슨 가잔이고 또 한 명은 무슨 가잔인데, 이 족자는 그 무슨 가잔 쪽이라고 쓸데없는 설명을 한 다음, "어떻습니까? 선생님이라면 15엔에 해 드리지요. 사세요." 하고 재촉한다. 돈이 없다고 거절했더니, "돈 같은 거야 언제 주셔도 좋습니다." 하며 몹시 추근거린다. 결국 돈이 있어도 안 산다고 하며 쫓아 버렸다.

그다음에는 기왓장만 한 커다란 벼루를 들고 들어왔다. "이것은 중국에서 나는 명품 벼루입니다. 단계연이지요."라고 두세 번이나 단계연이라는 벼루를 내세우기에, 반 농담으로 단계연이 무엇이냐고 물었더니, 또 바로 설명을 하기 시작했다. "단계연에는 상품, 중품, 하품이 있는데, 요즘 물건은 모두 상품입니다만, 이것은 확실히 중품입니다. 이 무늬를 보시죠. 무늬가 세 개 있는 것은 드물지요. 먹이 번지는 상태도 아주 좋아요. 시험해 보십시오." 하며 내 앞으로 커다란 벼루를 내민다. 얼마냐고 물으니 "물건 주인이 중국에서 가지고 와서 꼭 팔고 싶다고 하니, 싸게 해서 30엔에 해 드리겠습니다."라고 한다. 이 남자는 바보가 틀림없다. 학교 쪽은 그럭저럭 별일 없이 일할 수 있을 것 같으나, 이렇게 골동품 강매를 당해서야 도저히 오래 견뎌낼 재간이 없다.

그러는 동안에 학교도 싫증이 났다. 어느 날 저녁, '오마치'라는 곳을 거닐고 있을 때였다. 우체국 옆에 '메밀국수'라고 쓰고, 그 아래에 '도쿄'라고 설명을 붙인 간판이 있었다. 나는 메밀국수를 무척 좋아한다. 도쿄에 있을 때도 메밀국수 가게 앞을 지나다 음식 냄새를 맡으면, 무슨 일이 있어도 가게 안에 들어가고 싶어 했다. 오늘까지는 수학과 골동품 때문에 메밀국수를 잊어버리고 있었으나, 간판을 본 이상 그냥 지나칠 수는 없었다. 길을 지나는 김에 한 그릇 먹고 가려고 가게에 들어갔다. 들어가 보니 간판과는 딴판이다. 도쿄라고 내걸은 이상 좀 더 깨끗하게 할 법도 한데 도쿄를 모르는지, 돈이 없는지 굉장히 지저분했다. 다다미는 색이 변했고 모래가 까칠까칠하다. 벽은 그을음으로 새까맣다. 천장은 검게 그을렸을 뿐만 아니라, 높이가 낮아서 나도 모르게 목을 움츠렸다. 다만 번듯하게 메밀국수라고 써서 붙인 가격표만은 아주 새 것이었다. 아무래도 낡은 집을 사서 이삼일 전에 개업한 것 같았다. 가격표 첫머리에는 튀김이라고 쓰어 있다. "이봐요, 튀김국수요."라고 큰 소리로 말했다. 그러자 지금까지 한쪽 구석에서 무언가 후루룩 먹고 있던 아이들 셋이 모두 내 쪽을 보았다. 가게가 어둡기 때문에 얼른 알 수 없었지만 얼굴을 마주치고 보니, 우리 학교 학생들이었다. 그쪽에서 인사를 하기에 나도 인사를 했다. 그날 밤에는 오랜만에 메밀국수를 먹은 데다 맛도 있어서 튀김국수를 네 그릇이나 먹어 치웠다.

다음 날 아무 생각 없이 교실에 들어가자, 칠판이 가득 찰 정도의 큰 글자로 "튀김 선생님."이라고 쓰여 있다. 내 얼굴을 보고는 다들 "와." 하고 웃었다. 나는 어이가 없어서 튀김국수 먹는 것이 이상하냐고 물었다. 그러자 학생 한 명이 "하지만 네 그릇은 너무했지요." 라고 말했다. "네 그릇을 먹든, 다섯 그릇을 먹든, 내 돈으로 내가 먹는데 무슨 불만이냐!" 하고는, 서둘러 수업을 마치고 교무실로 돌아왔다. 10분이 지나고 다음 교실로 들어가자 "한 번에 튀김국수 네 그릇이나라. 다만 웃지 말 것."이라고 칠판에 쓰여 있다. 아까는 별로 화가 나지 않았지만 이번에는 부아가 났다. 농담도 도가 지나치면 못된 장난이다. 촌놈은 이런 요령이 없기 때문에 어디까지 해도 상관없을 거라는 생각이겠지. 한 시간 걸으면 더 이상 구경할 시내도 없는 좁은 곳에 살고, 딱히 재주도 없기 때문에 튀김 사건을 마치 러일전쟁처럼 퍼뜨리고 다니는 거겠지. 불쌍한 녀석들! 어릴 때부터 이런 교육을 받으니까 이상하게 비뚤어진, 단풍나무 분재 같은 소인배가 되는 것이다. 순진해서 그런 거라면 같이 웃어 주겠지만 이건 뭐야, 어린 녀석들 주제에 돼먹지 못하게 독기를 품고 있다. 나는 잠자코 칠판 글씨를 지웠다.

"이런 장난이 재미있느냐? 비겁한 장난이다. 너희들은 비겁이란 뜻을 아느냐?"

"자신이 한 일이 웃음거리가 되었다고 화를 내는 것이 비겁한 것 아닌가유?"

괘씸한 놈이다. 군이 도쿄에서 이런 놈을 가르치러 온 것인가 하는 생각을 하니 한심해졌다. 쓸데없는 억지 부리지 말고 공부나 하라고 하며 수업을 시작해 버렸다. 그다음 시간에 다른 교실로 들어가니 "튀김을 먹으면 억지를 부리고 싶어지는 법이니라."라고 쓰여 있었다. 정말이지 어찌해 볼 도리가 없다. 너무나도 화가 났기 때문에 너희들같이 건방진 놈들은 가르치지 않겠다고 하고, 서둘러 돌아와 버렸다. 학생들은 수업을 안 하게 되어 기뻐했다고 한다. 이쯤 되면 학교보다 골동품 쪽이 오히려 낫다.

튀김국수 사건도 집에 돌아와서 하룻밤을 자고 났더니 그렇게 화가 나지 않았다. 학교에 나가 보니 학생들도 아무 일 없던 것처럼 변화가 없다. 무슨 영문인지 모르겠다.

그 후 3일 정도는 아무 일도 없이 흘러갔다. 나흘째 밤에 '스미다' 라는 곳에 가서 경단을 먹었다. 이 스미다라는 곳은 온천이 있는 마을로, 기차로는 10분 정도, 걸어서는 30분이면 갈 수 있었다. 요릿집, 온천이 딸린 여관, 공원도 있는 데다 유곽✛도 있었다. 내가 들어간 경단집은 유곽 어귀에 있었다. 아주 맛있다는 소문을 듣고 온천에 갔다가 돌아오는 길에 들렀다. 이번에는 학생과도 만나지 않았기 때문에 아무도 모를 거라고 생각했다.

✛ **유곽** : 창녀를 두고 영업을 하는 집

그런데 다음 날 1교시 수업을 하러 교실에 들어갔더니, 칠판에 "경단 두 접시 7전."이라고 쓰어 있었다. 실제로 나는 두 접시를 먹고 7전을 냈다. 정말 성가신 놈들이다. 2교시에도 반드시 뭔가 있을 거라고 생각하며 들어갔더니 "유곽의 경단 맛있다, 맛있다."라고 쓰어 있었다. 기가 막힌 놈들이다. 경단 이야기는 그것으로 끝나지 않고, 이번에는 '빨간 수건'이라는 소문이 떠돌았다. 무슨 말인가 했더니 시시한 이야기다. 나는 이곳에 온 뒤로, 날마다 스미다 온천에 가기로 했다. 다른 곳은 무엇을 보아도 도쿄의 발끝에도 미치지 못하지만 온천만큼은 훌륭했다. 모처럼 왔으니까 날마다 온천을 해야겠다는 생각으로, 저녁 식사 전에 운동 삼아 다녔다. 온천에 갈 때는 큰 수건을 늘어뜨리고 간다. 이 수건이 물에 젖으면 붉은 줄무늬가 도드라지기 때문에 언뜻 보면 선홍색으로 보인다. 나는 이 수건을 갈 때나 돌아올 때나 기차를 타거나 걸을 때도 언제나 늘어뜨리고 다녔다. 이것 때문에 학생들이 나를 두고 "빨간 수건, 빨간 수건." 하고 부른다고 했다. 아무래도 좁은 곳에 살다 보니 시끄러운 것이다.

이것뿐만이 아니다. 온천은 3층짜리 신축 건물로 고급 탕은 유카타를 빌려 주고 등을 밀어 주는데, 단돈 8전이면 해결된다. 게다가 여자가 쟁반에 차도 내온다. 그래서 나는 언제나 고급 탕에 들어갔다. 그러자 40엔 월급으로 고급 탕에 다니는 것은 사치라는 말이 나오기 시작했다. 쓸데없는 참견이다. 그것뿐이 아니다. 온천 욕조는 화강암을 쌓아 올려 만들었는데 다다미 열다섯 장 정도의 넓이로 칸막이가 되어 있었다. 보통은 열서너 명이 들어가지만 가끔 아무도 없을 때가 있다. 깊이는 서서 가슴 있는 데에 물이 닿을 정도이기 때문에 운동 삼아 탕 안을 헤엄치는 것이 상당히 즐거웠다. 나는 사람이 없는 것을 확인하고는 다다미 열다섯 장짜리 욕조 안을 헤엄쳐 다녔다. 그러던 어느 날 3층에서 활기차게 내려가 오늘도 헤엄칠 수 있을까 하며 탕 입구를 들여다보는데, 큰 팻말에 까만 글씨로 "탕 속에서 헤엄치지 말 것!"이라고 써 붙여져 있었다. 탕 안에서 헤엄치는 사람이 별로 없을 테니까 이 팻말은 나 때문에 특별히 만들었을 것이다. 나는 그 뒤로 헤엄치는 것을 그만두었다. 그런데 학교에 가 보니, 여느 때처럼 칠판에 글씨가 써져 있어서 놀랐다. "탕 속에서 헤엄치지 말 것." 왠지 학생 전체가 나 한 사람을 감시하고 있는 것 같았다. 속이 상했다. 학생들이 뭐라고 하든 하고자 하는 일을 그만둘 내가 아니지만, 어쩌다 이렇게 좁고 숨이 꽉 막히는 곳에 왔는지 스스로 한심해졌다. 그리고 여전히 집에 돌아가면 골동품 강매에 시달렸다.

$$4$$

학교에서는 직원들이 돌아가며 숙직을 했다. 단, 너구리와 빨간 셔츠는 예외였다. 왜 이 두 사람이 당연한 의무를 면제받는지 물어보았더니, 이 두 사람은 관리자급으로 대우를 받기 때문이라고 했다. 불쾌했다. 월급은 많이 받고, 수업은 적게 하고, 게다가 숙직까지 면제받다니 이런 불공평한 일이 어디 있는가. 제멋대로 이런 규칙을 만들고서 당연하다는 듯한 얼굴을 하고 있다. 어쩌면 저렇게 뻔뻔스러울 수 있을까. 무척 불만스러웠지만, 거센 바람의 말에 따르면 아무리 혼자서 불평을 늘어놓아 봤자 소용없다고 했다. 혼자든, 둘이든 올바른 불평이라면 통하지 않을 리가 없다. 거센 바람은 'might is right'라는 영어를 인용해서 설명을 덧붙였지만, 무슨 말인지 이해할 수 없었다. 다시 물어보았더니 '강자의 권리'라는 의미라고 했다. 강자의 권리쯤이라면 옛날부터 알고 있다. 새삼스럽게 거센 바람에게 설명을 듣지 않아도 된다. 강자의 권리와 숙직은 별개의 문제다. 너구리랑 빨간 셔츠가 강자라니, 누가 인정한단 말인가.

결국 토론은 토론일 뿐이었고 이 숙직이 내 차례가 되었다. 원래 신경이 예민하기 때문에 잘 때 내 이부자리에서 편히 자지 않으면 잔 것 같은 기분이 안 든다. 그래서 어릴 때부터 친구 집에서도 잔 적이 거의 없을 정도였다. 친구 집조차도 싫은데 학교 숙직은 말해서 무엇하랴. 싫었지만 이것이 40엔 안에 포함되어 있다면 별도리가 없다. 참고 해 줘야지.

교사도 학생도 돌아가 버린 뒤에 혼자 멍하니 있는 것은 상당히 얼빠진 짓거리다. 숙직실은 교실 뒤편에 있는 기숙사의 서쪽 끝 방이다. 잠깐 들어가 보았는데 지는 해를 정면으로 받고 있어서 몹시 더웠다. 역시 시골이라 가을이 와도 늦게까지 더운 모양이었다. 학생들이 먹는 식사를 가져오게 해서 저녁을 먹기는 했지만 너무나 맛이 없어서 기가 막힐 지경이었다. 이런 밥을 먹고서도 용케 그렇게까지 날뛰었다니. 게다가 저녁을 서둘러 4시 반에 먹고 정리해 버린다니, 대단하지 않은가. 밥은 먹었지만 아직 날이 저물지 않아서 잘 수가 없었다. 잠깐이라도 온천에 가고 싶었다. 숙직을 하면서 밖에 나가는 것이 좋은 일인지 나쁜 일인지 모르겠지만, 이렇게 우두커니 감옥에 갇힌 것 같은 괴로운 경험을 하는 것은 참을 수 없다. 처음 학교에 와서 "당직자는?" 하고 물었을 때, 잠깐 볼일을 보러 나갔다고 사환이 대답했던 것이 생각났다. 그때는 의아하게 생각했지만 내 순서가 돌아오고 보니 이해할 수 있었다. 나가는 것이 정답이다. 사환에게 잠깐 나갔다 오겠다고 했더니, "무슨 볼일이 있으신가요?" 하고 물었다. 볼일이 아니라 온천에 간다고 하고 서둘러 나왔다. 빨간 수건을 하숙집에 두고 온 것이 아쉽지만 오늘만 온천에서 빌리면 된다.

상당히 여유 있게 탕 속을 들락날락하다가 해질 무렵이 되어서야 기차를 타고 고마치의 정거장에 와서 내렸다. 여기부터 학교까지는 약 400미터쯤 된다. 그런데 내가 막 걷기 시작했을 때, 저쪽에서 너구리가 다가오고 있었다. 기차를 타려는 듯했다. 총총걸음으로 걸어와 스쳐 지나갈 때 인사를 했다. 그러자 너구리가 "선생님은 오늘 숙직이 아니었던가요?" 하고 무척이나 진지하게 물었다. '아니었던가요?'라니, 터무니없는 말이다. 두 시간 전에 나에게 "오늘 밤 처음 하는 숙지이지요? 수고하세요."라고 인사를 하지 않았던가. 교장 같은 직책이 되면 이상하게 빙빙 돌려서 말을 하는가 보다. 나는 화가 나서 "예. 숙직입니다. 숙직이니까 이제부터 돌아가서 자는 것은 확실히 자겠습니다." 하고 내 할 말만 하고는 걸어갔다. 다테마치 사거리까지 와서 이번에는 거센 바람과 마주쳤다. 정말이지 좁은 동네다. 나와서 걷기만 하면 반드시 누군가와 만난다.

"이봐, 자네는 숙직이 아닌가?"

"응, 숙직이야."

"숙직이 함부로 나와 다니다니, 좀 곤란하지 않나?"

"조금도 곤란하지 않은데? 나돌아 다니지 않는 것이 곤란하지."

"자네의 그 흐리멍덩한 점도 곤란하구먼. 교장이나 교감을 만나면 시끄러워질걸."

"교장과는 방금 만났어. 더울 때는 산책이라도 하지 않으면 숙직하기 힘들 거라고 산책하는 걸 칭찬하던데."

거센 바람에게 한마디 쏘아주고는 서둘러 학교로 돌아왔다.

이내 날이 저물었다. 저물고 나서 2시간 정도는 사환을 숙직실에 불러서 이야기를 했다. 하지만 그것도 싫증이 나서 졸립지 않았지만 잠자리에 들기로 했다. 잠옷으로 갈아입고서 모기장을 걷어 올리고, 안으로 들어갔다. 빨간 담요를 젖히고 쿵 하고 엉덩방아를 찧으며 벌러덩 드러누웠다. 잘 때 쿵 하고 엉덩방아를 찧는 것은 어릴 때부터 버릇이다. 도쿄 하숙집에 살 때, 아래층에 살던 법률 학교 학생이 나쁜 버릇이라며 불만을 털어놓은 적도 있다. 법률 학교 학생이라는 작자들은 나약한 주제에 돼먹지 못하게 말재주가 좋아서 시시한 일을 장황하게 늘어놓기 때문에, "잠잘 때 쿵쿵 소리가 나는 것은 내 엉덩이 탓이 아니야. 하숙집 건물이 허술한 거야. 따지려면 하숙집에 따져." 하고 찍소리도 못 하게 쏘아붙였다. 이 숙직실은 2층이 아니니까 아무리 쿵 하고 쓰러져도 상관없다. 될 수 있는 대로 힘차게 쓰러지지 않으면 푹 잘 것 같은 기분이 들지 않는다.

쿵 하고 누워 "아, 기분 좋다." 하며 발을 쭉 뻗는데 뭔가가 양발에 달라붙었다. 까칠까칠한 것이 벼룩 같지도 않아서 "이놈은 뭐야!" 하고 담요 속에서 발을 두세 번 흔들어 보았다. 그러자 까칠까칠하게 와 닿는 것이 갑자기 늘어났다. 정강이 대여섯 군데, 허벅지 두세 군데, 엉덩이 밑에서 퍽 하고 깔려 터진 놈이 하나, 배꼽 있는 데까지 뛰어오른 놈이 하나. 나는 깜짝 놀랐다. 재빨리 일어나서 담요를 휙 젖혔다. 그러자 이불 속에서 메뚜기 5,60 마리가 튀어나왔다. 정체를 몰랐을 때는 기분만 나빴지만 메뚜기라고 정체가 밝혀지고 보니, 갑자기 화가 치밀었다. "메뚜기 주제에 사람을 놀라게 하다니, 어디 맛 좀 봐라." 하며 베개를 집어 들고 두세 번 내리쳤다. 하지만 상대가 너무나 작기 때문에 힘차게 내리친 것에 비하면 효과가 없었다. 하는 수 없이 다시 이불 위에 앉아서 메뚜기가 있을 만한 부분을 베개로 누르셨다. 놀란 메뚜기가 뛰어올라서 내 어깨며, 머리며, 코끝에 달라붙기도 하고 부딪히기도 한다. 얼굴에 붙은 놈은 베개로 칠 수 없기 때문에 손으로 잡아 있는 힘껏 내던졌다. 분하게도 아무리 힘을 다해 내던져도 모기장에 부딪히기 때문에 너풀너풀 움직이기만 할 뿐 전혀 반응이 없다. 메뚜기는 내던져진 채로 모기장에 매달려 있었다. 죽지도 움직이지도 않았다. 간신히 30분 만에 메뚜기를 물리쳤다. 빗자루를 들고 와서 메뚜기의 사체를 쓸어 냈다. 사환이 와서 무슨 일이냐고 하기에 "무슨 일이고 뭐고, 메뚜기를 이불 속에서 기르는 놈이 어디 있어. 멍청한 놈 같으니라고!" 하며 꾸짖었더니, "저는 모르는 일입니다." 하고 변명했다. 모른다는 말로 넘어갈 줄 아느냐고 빗자루를 내팽개쳤더니, 사환은 조심스럽게 빗자루를 들고 돌아갔다.

나는 즉시 기숙사생 세 명을 대표로 불러냈다. 그러자 여섯 명이 왔다. 여섯 명이든 열 명이든 그건 상관없었다. 나는 잠옷을 입은 채로 소매를 걷어붙이고 따지기 시작했다.

"왜 메뚜기 같은 걸 내 이불 속에 넣었지?"

"메뚜기 같은 게 뭐유?" 하고 맨 앞에 있던 한 명이 말했다. 아주 침착한 말투다. 이 학교에서는 교장뿐 아니라 학생들도 빙빙 돌리며 말을 하는 모양이다.

"메뚜기를 모른단 말이야? 모른다면 보여 줄게."

하지만 모두 쓸어 내버려 한 마리도 없었다. 다시 사환을 불러서 아까 잡아 죽인 메뚜기를 가져오라고 했다.

"이미 쓰레기장에 버렸습니다만, 다시 주워 올까요?"

"그래. 빨리 주워 와."

사환은 서둘러 뛰어나가더니, 얼마 안 있어 얇은 습자지 위에 열 마리 정도 얹어 가지고 왔다.

"참 안됐습니다만, 공교롭게도 밤이라서 이 정도밖에 눈에 띄지 않습니다. 날이 밝으면 더 추워 오겠습니다." 사환까지 바보다. 나는 메뚜기 한 마리를 학생에게 보여 주며 말했다.

"메뚜기라는 게 이런 거다. 덩치는 커다란 녀석들이 메뚜기도 모른단 말이냐!" 그러자 맨 왼쪽에 있던 얼굴이 둥근 녀석이 "그건 방아깨비인데유." 하며 건방지게 대들었다. "멍청이 같은 놈아! 방아깨비나 메뚜기나 같은 거야." 하고 윽박질렀더니, "방아깨비와 메뚜기는 다르지유."라고 했다.

"방아깨비든 메뚜기든 어째서 내 잠자리 속에 집어넣은 거야? 내가 언제 메뚜기를 넣어 달라고 부탁했어?"

"우리가 안 넣었는데유?"

"안 넣었는데 왜 이부자리 속에 들어가 있지?"

"방아깨비는 따스한 곳을 좋아하니까 아마 지 혼자서 들어갔겠지유."

"밀도 안 되는 소리 하시 마. 메누기가 스스로 들어간 거라니! 자, 어째서 이런 못된 장난을 했는지 어서 말해 봐."

"뭘 말해유? 넣지도 않은 걸 어떻게 말하라구유."

비겁한 놈들이다. 스스로 자신이 한 일을 인정할 수 없다면 애당초 하지 않는 것이 좋다. 증거만 잡히지 않으면 딱 시치미를 뗄 작정으로 뻔뻔스럽게 버티고 있다. 나 역시 중학교 때는 곧잘 장난을 쳤다. 하지만 누가 했냐고 질문을 받았을 때 꽁무니를 빼는 비겁한 짓은 단 한 번도 하지 않았다. 분명 '한 것은 한 것'이고, '안 한 것은 안 한 것'이다. 거짓말을 해서 벌을 피하려고 했으면 처음부터 장난 같은 건 치지도 않았다. 장난과 벌은 따라다니는 것이다. 벌이 있기 때문에 장난도 기분 좋게 칠 수 있다. 장난만 치고 벌은 마다하는 그런 비열한 근성은 대체 어느 나라에 있냔 말이다. 돈은 빌리지만 갚기는 싫어하는 것은 모두 이런 놈들이 졸업해서 하는 짓거리임이 틀림없다. 도대체 중학교에는 뭐 하러 들어온 걸까. 학교에 들어와서 거짓말하고 속이고, 쑥덕쑥덕 뒤에서 건방진 나쁜 장난을 치고……. 그런 식으로 살다가 버젓이 졸업을 하고는 교육을 받았다고 착각하겠지. 더는 말할 가치도 없는 졸장부들이다.

나는 이런 썩어 빠진 생각을 하고 있는 놈들과 담판을 짓는 것이 기분 나빠서 "누가 했는지 말할 수 없다면 하지 않아도 좋다. 기껏 중학교에 들어와 놓고 해야 할 것과 하지 말아야 하는 것도 구별할 수 없다니 불쌍하구나."라고 하고는 여섯 명을 내쫓아 버렸다. 나는 말이나 겉모습은 그다지 고상하지 않지만, 마음은 이놈들보다 훨씬 고상하다. 여섯 명은 유유히 돌아갔다. 겉모습만큼은 교사인 나보다 훨씬 훌륭해 보인다. 저렇게 차분한 척하는 것이 더 나쁘다. 나에게 저만한 배짱이 없는 게 다행이다.

그러고 나서 다시 잠자리에 누웠더니, 아까의 소동으로 모기장 안에서는 윙윙 소리가 났다. 촛불을 밝히고 한 마리씩 잡아 태우는 귀찮은 짓은 할 수 없으니, 모기장 줄을 풀어 길게 접어서 가로세로 열십자로 흔들었다. 둥그런 고리가 날아와서 손등을 사정없이 때렸다. 세 번째로 잠자리에 들었을 때는 조금 진정이 되었지만 좀처럼 잠이 들지 않았다. 시계를 보니 10시 반이었다. 생각할수록 성가신 곳에 왔구나. 원래 중학교 선생이란 게 어디에 가더라도 이런 놈들을 상대해야 한다면 불쌍한 존재다. 용케 선생이 남아난다. 어지간히 참을성이 많고 우직한 사람이라야 되겠지. 나는 도저히 못 하겠다. 그것을 생각하면 기요라는 사람은 우러러볼 만하다. 신분도 낮고 교육도 받지 못한 할머니지만, 인간으로서는 무척이나 고귀하다. 지금까지 그렇게 신세를 지고도 특별히 고맙다는 생각은 하지 않았지만, 이렇게 혼자서 먼 곳에 와 보니 비로소 그 상냥함을 알 수 있었다. 에치고의 갈엿을 먹고 싶다면, 일부러 에치고까지 가서 사다 먹일 만큼의 가치가 충분하다. 기요는 나를 두고 욕심이 없고 정직한 성격이라고 칭찬하지만, 칭찬받는 나보다 칭찬하는 본인 쪽이 더 훌륭한 인간이다. 왠지 기요가 보고 싶어졌다.

기요 생각을 하면서 뒤척이고 있을 때였다. 갑자기 머리 위에서, 숫자로 말하자면 열 서너 명쯤 될까, 2층이 내려앉을 정도로 쿵, 쿵, 쿵 하며 박자를 맞추어 마룻바닥을 구르는 소리가 났다. 그리고 발소리에 비례하는 커다란 함성이 잇따랐다. 나는 무슨 일이 벌어졌나 하고 놀라서 벌떡 일어났다. 벌떡 일어난 순간에 아까 그 앙갚음으로 학생들이 날뛰는 것이라는 사실을 알아차렸다.

'너희들이 저지른 나쁜 짓은 잘못했다고 말하기 전에는 죄가 없어지지 않는다. 나쁜 짓을 저질렀다는 것은 너희들 스스로가 기억하고 있겠지. 상식대로라면 자고 나서 후회가 되어 내일 아침에라도 용서를 빌러 오는 것이 옳은 일이다. 비록 용서를 빌지는 않더라도 미안한 마음에 조용히 자기라도 해야 하는 것이다. 그런데 이 소동은 무엇이란 말인가. 기숙사에서 돼지를 기르는 것도 아닐 테고. 미치광이 같은 짓거리도 적당히 해야지. 어디 맛 좀 봐라!'

잠옷 차림으로 숙직실을 뛰쳐나와 사다리 모양의 계단을 세 걸음 반 만에 2층까지 뛰어 올라갔다. 그러자 신기하게도 지금까지 머리 위에서 우당탕 날뛰던 소리가 갑자기 조용해져서 사람 소리는커녕 발소리조차도 들리지 않았다. 참 이상했다. 등이 꺼져 있었기 때문에 깜깜해서 어디에 무엇이 있는지 확실히 모르겠지만 인기척이 있고 없고는 느낌으로도 알 수 있었다. 기다랗게 동쪽에서 서쪽으로 뻗어 있는 복도에는 쥐새끼 한 마리 숨어 있지 않았다. 복도 끝에 달빛이 비쳐서 멀리 떨어진 복도 끝이 유난히 밝다. 아무래도 이상하다. 나는 어릴 때부터 꿈을 많이 꾸었다. 꿈을 꾸다가 벌떡 일어나 알 수 없는 잠꼬대를 해서 웃음거리가 된 적도 종종 있었다. 열예닐곱 살 때 다이아몬드를 주운 꿈을 꾼 날 밤에는, 벌떡 일어나 옆에 있던 형에게 방금 그 다이아몬드를 어떻게 했느냐고 대단한 기세로 덤벼들었다. 그때는 사흘 정도나 온 집안의 웃음거리가 되어서 여간 난처하지 않았다. 경우에 따라서는 지금 이것도 꿈일지 모른다. "하지만 확실히 날뛴 것이 틀림없는데……." 하며 복도 한가운데에서 생각에 잠겨 있는데, 달빛이 비치고 있는 저쪽 끝에서 "하나, 둘, 셋, 와아!" 하고 삼, 사십 명의 소리가 일제히 울렸다. 그리고 바로 뒤이어 아까처럼 전체가 박자를 맞추어 마룻바닥을 쿵쿵 구르기 시작했다. 역시 꿈이 아니고 현실이었다.

"조용히 해! 한밤중이잖아!"

이쪽도 지지 않을 기세로 소리를 지르며 복도 끝을 향해 뛰기 시작했다. 지나는 길은 어두웠다. 복도 끄트머리에 보이는 달빛을 향해 뛰고 있을 뿐이었다. 한 4미터쯤 왔을 때, 크고 단단한 물건에 정강이를 부딪쳤다. 아프다고 느끼는 사이 몸이 쿵 하고 앞으로 나가 떨어졌다.

"이런 제기랄!"

일어나 보았지만 뛸 수가 없었다. 마음은 조급하지만 다리가 말을 듣지 않았다. 간신히 한쪽 다리로 뛰어갔더니 벌써 발소리도 사람 소리도 조용해져서 잠잠하다. 아무리 인간이 비겁하다고 해도 이렇게까지 비겁할 수는 없다. 마치 돼지들 같다. 이렇게 된 바에야 숨어 있는 놈들을 끌어내어 사과를 시킬 때까지는 물러나지 않겠다고 마음먹었다.

침실 문 하나를 잡고 열어 보려 했지만 열리지 않았다. 자물쇠를 채워 놓았는지 아니면 책상이나 무언가를 쌓아 막아 놓았는지 아무리 밀어도 열리지 않았다. 이번에는 맞은편에 있는 방문을 열어 보았다. 역시 마찬가지로 열리지 않았다. 내가 안에 있는 놈들을 붙잡겠다고 방문을 잡고 초조해하고 있을 때, 다시 동쪽 끝에서 함성과 발구르는 소리가 시작되었다.

　'이 자식들! 서로 짜고서 양쪽에서 서로 호응하면서 나를 바보로 만들 작정이구나.' 그런데 생각은 했으나 막상 어떻게 해야 좋을지 알 수 없었다. 솔직하게 고백하자면, 나는 용기가 있는 대신에 지혜가 부족하다. 이럴 때는 어떻게 해야 좋을지 전혀 알 수 없었다. 절대로 질 생각은 없었다. 이대로 끝나고 만다면 내 체면이 말이 아니다. 도쿄 토박이는 패기가 없다는 말을 듣는 것은 억울하다. 숙직을 하다가 코흘리개 녀석들에게 놀림을 당하고, 손을 쓸 수가 없어서 포기했다고 남들이 생각하게 된다면 일생의 불명예다. 이래 봬도 우리 가문은 장군 직속의 무사 집안이다. 이따위 농사꾼들과는 근본부터가 다르다. 다만 지혜가 부족한 것이 안타까울 뿐이다. 어떻게 하면 좋을지 모르는 것이 애석할 따름이다. 하지만 곤란하다고 해서 질 수는 없었다. 정직하기 때문에 어떻게 하면 좋을지 모르는 것뿐이다. 이 세상에서 정직함이 이기지 못한다면 다른 그 무엇이 이기겠는가. 어디 생각해 보자.

'오늘 밤 안에 이기지 못하면 내일 이긴다. 내일 이기지 못하면 모레 이긴다. 모레 이기지 못하면 하숙집에서 도시락을 싸 가지고 와서 이길 때까지 여기에 있겠다.'

나는 이렇게 결심하고 복도 한가운데서 책상다리를 하고 앉아서 날이 밝기를 기다렸다. 모기가 윙윙 날아다녔지만 아무렇지도 않았다. 아까 부딪친 정강이 부분을 쓰다듬어 보니 미끌미끌했다. 피가 흐르는 것 같았다. 피쯤이야 흐르고 싶은 대로 마음대로 흐르라지. 그러는 사이에 피로가 몰려와 그만 꾸벅꾸벅 졸고 말았다.

왠지 주위가 소란스러워서 잠이 깼을 때, '아차! 이런, 큰일 났구나.' 하고 벌떡 일어났다. 내가 앉아 있던 복도 오른쪽에 있는 문이 반쯤 열려 있고, 학생 두 명이 내 앞에 서 있었다. 제정신으로 돌아와 지금 이 상황이 어떤 건지 깨닫는 순간, 내 앞에 있는 녀석의 다리를 움켜쥐고 힘껏 잡아당겼다. 그놈은 털썩 하고 뒤로 나자빠졌다. 꼴좋다. 남은 한 명이 당황해 있는 사이 달려들어 어깨를 누르고 두세 번 잡아 흔들었더니, 얼이 빠져서 눈을 껌빅거리고 있었다. "자, 내 방으로 와라." 하며, 잡아 일으켜 세우자 겁쟁이처럼 순순히 따라왔다. 날은 이미 밝아 있었다.

숙직실로 끌고 온 녀석을 다그치기 시작했다. 돼지는 두들기고 패도 마찬가지로 돼지인지라, 그저 '모르겠는디유'로 언제까지 버틸 작정인지 자백을 하지 않는다. 그러는 사이 한 명이 오고, 두 명이 오고, 2층에서 숙직실로 점점 모여든다. 자세히 보니 모두 졸린 듯이 눈두덩이가 부어 있다. 못난 놈들. 그까짓 하룻밤 못 잤다고 저런 낯짝을 해서야 사내자식이라고 할 수 있겠는가. 낯짝이라도 씻고 담판하러 오라고 했지만, 아무도 세수하러 가지 않았다. 50여 명을 상대로 한 시간 가까이 옥신각신하고 있을 때, 불쑥 너구리가 나타났다. 나중에 들으니까, 사환이 "학교에 소동이 일어났습니다." 하고 알리러 갔다고 한다. 이까짓 일로 교장을 부르다니 너무 배포가 작다. 그러니까 중학교 사환 따위나 하고 있는 거겠지.

교장은 대강의 내 설명을 들었다. 학생들의 변명도 약간 들었다. "나중에 처분이 있을 때까지는 지금처럼 학교에 나와라. 빨리 세수를 하고 아침을 먹지 않으면 수업 시간에 늦을 테니 서둘러라." 하고 말하며 기숙사생을 모두 다 돌려보냈다. 미온적인 처사다. 나 같으면 즉석에서 기숙사생을 모두 퇴학시켜 버린다. 저런 느슨한 태도를 취하니까 학생들이 숙직 담당자를 우습게 여기는 것이다. 게다가 나를 보고 선생도 신경 많이 써서 피곤하겠다며, 오늘은 수업을 안 해도 좋다고 하기에 나는 이렇게 대답했다.

"아뇨, 조금도 걱정 안 해도 됩니다. 이런 일이 매일 밤 있어도 목숨이 붙어 있는 동안은 괜찮습니다. 수업은 하겠습니다. 하룻밤 안 잤다고 수업을 못할 정도라면 받은 월급을 학교에 돌려드려야지요."

교장은 어떻게 생각했는지 잠시 내 얼굴을 바라보더니 "그런데 얼굴이 꽤나 부었습니다." 하고 주의를 주었다. 그러고 보니 얼굴이 어쩐지 좀 무거운 듯했다. 게다가 얼굴이 온통 가렵다. 모기가 어지간히 물었나 보다. 나는 얼굴을 북북 긁으면서 "얼굴이 아무리 부었다 해도 말은 제대로 할 수 있으니까 수업에는 지장이 없습니다."라고 대답했다. 교장은 웃으면서 "아주 힘이 넘치시는군요." 하고 칭찬했다. 사실은 칭찬한 것이 아니라 비아냥거린 것이다.

5

"선생님, 낚시하러 안 가겠어요?" 하고 빨간 셔츠가 내게 물었다. 빨간 셔츠는 무언가 기분 나쁠 정도로 상냥하게 말하는 남자다. 남자인지 여자인지 구별할 수 없게 말을 한다. 남자라면 남자다운 목소리를 내야지. 더구나 대학 졸업자가 아닌가. 물리 학교 출신인 나도 이런 정도의 목소리가 나오는데, 문학사가 저래서야 좀 꼴불견이다.

나는 "글쎄요." 하고 그다지 내키지 않는다는 듯이 대답을 했다. 그랬더니 "선생님, 낚시를 해 본 적은 있어요?"하고 무례한 질문을 한다. 별로 없지만, 어렸을 때 고우메의 쓰리보리 유료 낚시터에서 붕어 세 마리를 낚은 적은 있다. 그리고 가구라자카의 비샤몬✝ 제사를 올리는 날에 여덟 치(약 26센티미터)쯤 되는 잉어를 낚았다. '걸렸다!'고 생각한 순간 풍당 하고 떨어뜨려 버렸는데, 이것은 지금 생각해도 아깝다. 그런 내용을 빨간 셔츠에게 말했더니, 턱을 앞으로 내밀고 "호호호." 웃었다. 굳이 저렇게 점잔을 빼며 웃지 않아도 될 텐데. "그러면, 아직 낚시의 참맛을 모르겠군요. 원한다면 좀 가르쳐 드리지요." 하며 매우 의기양양하다. 누가 가르침을 받는다는 말인가. 도대체 낚시나 사냥을 하는 작자들은 모두 인정머리 없는 인간뿐이다. 인정머리가 있다면 살생을 하면서 즐거워할 리가 없다. 물고기든 새든 죽는 것보다 살아 있는 것이 좋다. 낚시나 사냥을 하지 않고서는 생계를 유지할 수 없다면 모르겠으나, 아무 부족함 없이 생활하면서 살아 있는 것을 죽이지 않으면 잠이 안 온다니 사치스러운 이야기다. 이렇게 생각했지만 상대는 문학사인 만큼 말재주가 뛰어나서 말로서는 당해 낼 수 없다고 생각하고 잠자코 있었다. 그랬더니 선생은 나를 항복시킨 것으로 잘못 생각하고 "곧 가르쳐 드리지요. 시간 있으면 오늘 함께 가는 게 어떤가요? 요시카와 군과 둘이만 가면 쓸쓸하니까 오세요." 하며 자꾸만 권한다. 요시카와 군이라는 사람은 미술 선생으로, 알랑쇠라고 별명을 붙인 사람이다. 이 알랑쇠는 무슨 생각인지, 빨간 셔츠의 집에 아침저녁으로 드나들며 어디든지 따라다닌다. 마치 동료가 아니라 주인과 머슴 같아 보인

✤ **비사몬** : 불교의 수호신인 사천왕 중에서 북쪽을 지키는 신

다. 빨간 셔츠가 가는 곳에 알랑쇠가 반드시 함께 가는 것이 새삼스럽게 놀랄 일도 아니지만, 둘이서 가면 될 것을 어째서 무뚝뚝한 나한테 가자고 하는 것일까. 아마 시건방진 강태공[✤]이 자신이 낚는 장면을 나에게 자랑할 생각으로 권유하는 게 틀림없다. 하지만 그 정도로 기가 죽을 내가 아니지. 다랑어 두 마리나 세 마리쯤 낚는다고 해서 눈 하나 꿈쩍할 내가 아니다. 나 역시도 사람이다. 아무리 서투르다고 하더라도 낚싯줄을 내려놓으면 뭐라도 걸리겠지. 여기서 내가 안 가면 빨간 셔츠는 '낚시가 싫어서가 아니라, 서투르니까 안 가는 것'이라고 지레짐작할 것이 뻔하다. 나는 이런 생각 끝에 "함께 가지요."라고 했다. 그리고 학교를 마친 다음, 일단 집으로 돌아가서 채비를 갖춘 뒤 정거장에서 빨간 셔츠와 알랑쇠를 기다렸다가 부두로 갔다.

　사공 한 명과 함께 준비된 배는 좁고 긴 모양으로, 도쿄 주변에서는 본 적이 없는 것이었다. 그런데 아까부터 배 안을 살펴보아도 낚싯대가 보이지 않았다. 낚싯대 없이 낚시를 한단 말인가. 어쩔 작정이냐고 알랑쇠에게 물어보니 "바다낚시에는 낚싯대를 쓰지 않습니다. 낚싯줄로만 합니다." 하고 턱을 문지르며 전문가나 되는 듯이 말을 했다. 이렇게 본전도 못 찾을 것 같았으면 처음부터 잠자코 있

✤ **강태공** : 낚시꾼을 비유적으로 이르는 말

는 편이 나을 뻔했다.

　사공은 아주 느릿느릿 노를 저었지만 숙련된 기술은 대단했다. 뒤돌아보니 해변이 작게 보일 정도로 벌써 멀리 와 있었다. 고하쿠지의 오층탑이 숲 위로 비어져 나와서 바늘같이 뾰족하게 보였다. 맞은편에는 푸른 섬이 떠 있다. 저 섬에는 사람이 살지 않는다고 한다. 자세히 보니 돌과 소나무뿐이다. 정말 돌과 소나무뿐이면 절대 살 수가 없겠지. 빨간 셔츠는 지긋이 바라보면서 좋은 경치라고 말했다. 알랑쇠는 "절경입니다." 하고 맞장구쳤다. 절경인지 뭔지는 모르겠지만 좋은 기분임에는 틀림없다. 넓고 넓은 바다 위에서 바닷바람을 쐬는 것은 꽤나 기분이 좋았다. 그리고 이상하게 배가 고팠다.

　"저 소나무를 보세요. 줄기가 곧고 위가 우산처럼 벌어진 게 터너✛의 그림 같군요." 빨간 셔츠가 알랑쇠에게 말하자, 알랑쇠는 "그렇군요. 정말로 저 구부러진 모양이 더할 나위 없어요. 영락없는 터너인데요."라고 제법 아는 척한다. 터너가 뭔지 모르지만 물어보지 않아도 곤란할 것 없으니까 잠자코 있었다. 배는 섬의 오른쪽으로 빙그르 돌았다. 파도는 전혀 없었다. 바다라고 생각할 수 없을 정도로 잔잔했다. 어쨌든 빨간 셔츠 덕분에 얻게 된 유쾌한 시간이었다. 가능하면 섬 위로 올라가 보고 싶다는 생각이 들어서 "저 바위가 있

✛ 터너 : 영국의 화가

65

는 곳에 배를 댈 수 없을까요?" 하고 물어보았다. "댈 수 없는 건 아닙니다만, 낚시를 하려면 언덕이 너무 가까우면 안 됩니다." 하고 빨간 셔츠가 이의를 제기했다. 나는 가만히 있었다. 그러자 알랑쇠가 "어떻습니까? 교감 선생님, 이제부터 저 섬을 터너 섬이라고 부르지 않으시겠습니까?" 하고 쓸데없는 제안을 했다. 빨간 셔츠는 "그거 재미있군요. 우리는 이제부터 그렇게 부를까요?" 하며 찬성했다. 이 '우리' 속에 나도 들어가 있다면 별로 달갑지 않은 일이다. 나에게는 푸른 섬으로 충분하다. "저 바위 위에 어떻습니까? 라파엘의 마돈나†를 올려놓으면? 좋은 그림이 되겠는데요."라고 알랑쇠가 말하자, "마돈나 얘기는 그만하기로 하지요. 호호호호." 하고 빨간 셔츠가 기분 나쁘게 웃었다. "뭘요. 아무도 없으니까 괜찮습니다." 알랑쇠는 내 쪽을 잠시 보더니 일부러 얼굴을 돌리고 싱글싱글 웃었다. 나는 어쩐지 기분이 안 좋았다. 마돈나든, 고돈나든 간에 나와는 상관없는 일이니까 마음대로 세워도 좋지만, 남이 모르는 말을 해 놓고 모르니까 들어도 상관없다는 듯한 태도를 하는 건 비열한 행동이다. 이러면서 본인은 "나도 도쿄 토박이입니다."라고 한다. 마돈나라는 건 아마도 빨간 셔츠의 단골 기생 별명이나 그 비슷한 것일 거라고 생각했다. 단골 기생을 무인도 소나무 아래에 세워 놓고 바

---

† **라파엘의 마돈나** : 라파엘이 그린 〈시스티나의 마돈나〉라는 그림

라보고 있겠다니, 할 말이 없다. 그것을 알랑쇠가 유화로라도 그려서 전람회에나 출품하면 좋을 것이다.

　이쯤이 좋겠다며 사공은 배를 멈추고 닻을 내렸다. "어느 정도나 되지요?" 하고 빨간 셔츠가 묻자, 약 10센티미터 정도라고 했다. "10센티미터라면 도미는 어렵겠는데." 하며 빨간 셔츠는 낚싯줄을 바다에 던졌다. 이 양반, 도미를 낚을 생각인 모양이다. 대담한 사람이다. 알랑쇠는 "뭘요. 교감 선생님의 솜씨라면 걸릴 겁니다. 게다가 물결도 잔잔하니까요." 하고 알랑거리면서 줄을 풀어 내던졌다. 줄 끝에 낚싯봉 같은 납이 매달려 있을 뿐이었다. 낚시찌가 없다. 낚시찌 없이도 낚시를 하는 것은 온도계 없이 온도를 재는 것과 같은 일이다. 도저히 이해할 수 없다고 생각하며 보고 있는데, "자, 선생도 해 보시오. 줄은 있나요?" 하고 묻는다. "줄은 남아돌 만큼 있지만 낚시찌가 없어요."라고 말했더니, "낚시찌가 없다고 낚시를 못 하는 것은 초보자예요. 이렇게 말이죠. 줄이 물 밑에 닿았을 때 뱃전 언저리에서 검지로 호흡을 재는 겁니다. 걸리면 바로 손에 반응이 옵니다." 하고 말했다. 그러더니 갑자기 "옳지, 왔다!" 하며 빨간 셔츠가 갑자기 줄을 끌어당기기 시작했다. 무언가 걸렸나 보다고 생각했더니 아무것도 걸리지 않고 미끼만 없어졌을 뿐이다. 속이 시원했다. "교감 선생님, 아쉽게 되었네요. 지금 것은 분명 큰 놈이었을 텐데, 이것 참. 교감 선생님 솜씨로도 놓치면, 오늘은 방심할 수가 없겠는데요. 그렇지만 놓쳤더라도, 뭐랄까요? 낚시찌와 눈싸움을 벌이고 있는 사람보다는 낫겠지요. 브레이크가 없으면 자전거를 못 타는 것과 같은 이치니까요."라고 알랑쇠는 엉뚱한 소리만 지껄인다. 정말이지 한 대 후려 갈겨 줄까 하는 생각이 간절했다. 나 역시 인간이다. 교감 혼자 빌린 바다도 아닐 테고, 넓은 곳이다. 다랑어 한 마리쯤이야 의리로라도 걸려 주겠지, 하며 추와 줄을 풍덩 던져 넣고 적당히 손가락 끝으로 조종하고 있었다.

얼마쯤 지나자 무언가 툭툭거리며 줄에 와 닿았다. 나는 생각했다. '이놈은 물고기가 틀림없다. 살아 있는 놈이 아니고서야 이렇게 실룩거릴 리가 없지. 됐다. 걸렸구나!' 그리고 줄을 쭉쭉 잡아당겼다. "어허, 잡혔나요? 역시 초심자는 두려워할만 하군요." 하며 알랑쇠가 빈정거리는 동안에 줄은 이제 거의 다 끌어당겨져 겨우 다섯 자(120센티미터) 정도밖에 물에 잠겨 있지 않았다. 뱃전에서 들여다보니, 금붕어처럼 줄무늬가 있는 물고기가 줄에 매달려서 좌우로 펄떡거리며 손에 이끌려 떠오르고 있었다. 재미있었다. 수면에서 위로 끌어올릴 때, 펄떡거리며 날뛰어서 내 얼굴은 온통 바닷물투성이가 되었다. 겨우 붙잡아서 낚시 바늘을 빼려고 하는데 쉽사리 빠지지 않았다. 붙잡고 있는 손이 미끈거렸다. 아주 기분이 나빴다. 귀찮아서 줄을 흔들어 배 바닥에 내동댕이쳤더니 이내 죽어 버렸다. 빨간 셔츠와 알랑쇠가 놀라서 쳐다보았다. 나는 바닷물에 손을 첨벙첨벙 씻어 코끝에 바짝 대 보았다. 여전히 비린내가 났다. 이제 진저리가 난다. 무엇이 잡힌다고 해도 물고기는 죽이고 싶지 않다. 물고기도 손에 잡히고 싶지 않을 테지. 부랴부랴 남은 줄을 감아 버렸다.

"마수걸이†로 낚은 건 잘하기는 했지만, 고르키† 정도로야." 하고 알랑쇠가 또 건방지게 말하자, "고르키라면 러시아의 작가† 같은 이름이군" 하고 빨간 셔츠가 똑똑한 체했다. "그렇군요. 마치 러시아의 작가 같군요." 하며 알랑쇠는 바로 맞장구를 쳤다. 원래 빨간 셔츠는 나쁜 버릇이 있다. 누구를 붙잡든지 가타카나†로 쓴 서양인들의 이름을 늘어놓고 싶어 한다. 사람에게는 제각기 전문 분야가 있는 법이다. 나 같은 수학 선생에게는 고르키인지 샤리키인지 분간이 가지 않는다. 조금은 조심하는 것이 좋을 텐데. 말을 하려면 '프랭클린의 자서전'이라든가, '푸싱 투 더 프런트†'라든가 나 같은 사람도 알고 있는 걸 쓰는 게 좋다. 빨간 셔츠는 가끔 제국문학인가 하는 새빨간 잡지를 학교에 가지고 와서 소중한 듯이 읽는다. 거센바람에게 물어보았더니, 빨간 셔츠의 가타카나는 전부 그 잡지에서 나온 것이라고 한다. 제국문학도 죄 많은 잡지다.

---

† **마수걸이** : 맨 처음 부딪치는 일
† **고르키** : 물고기 이름
† **러시아의 작가** : 막심 고리키를 말함
† **가타카나** : 외래어를 표기하는 일본의 글자
† **푸싱 투 더 프런트** : 당시 교과서에 실려 있던 이야기

그 뒤로도 빨간 셔츠와 알랑쇠는 열심히 낚았는데, 약 한 시간 동안 둘이서 열대여섯 마리를 낚았다. 그런데 이상하게도 잡히는 것마다 모두 고르키뿐이다. 도미 같은 것은 약으로 쓰려고 해도 없다. 오늘은 러시아 문학의 대성공이라고 빨간 셔츠가 알랑쇠에게 말했다. "교감 선생님 솜씨로도 고르키니까, 나 같은 사람이 고르키인 것은 어찌할 수가 없지요. 당연하지요." 하며 알랑쇠가 대답했다. 사공에게 물으니 이 작은 물고기는 가시가 많고 맛도 없어서 먹지 않는다고 한다. 다만 거름으로는 쓸 수 있다고 했다. 빨간 셔츠와 알랑쇠는 열심히 거름을 낚고 있는 것이다. 불쌍하기 그지없다. 나는 한 마리로도 질렸기 때문에 배 바닥에 반듯이 드러누워 넓은 하늘을 바라보았다. 낚시를 하는 것보다 이쪽이 훨씬 운치가 있었다.

그러자 두 사람은 소곤거리며 무엇인가 이야기를 하기 시작했다. 나에게는 잘 들리지 않았다. 굳이 듣고 싶지도 않다. 나는 하늘을 바라보면서 기요를 생각했다. 돈이 있어서 기요를 데리고 이런 아름다운 곳으로 놀러 온다면 참으로 즐거울 것이다. 아무리 경치가 좋아도 알랑쇠 같은 사람과 함께라면 재미가 없다. 기요는 주름투성이 할머니지만 어떠한 곳에 데려가도 부끄러운 마음은 들지 않는다. 알랑쇠 같은 사람은 마차를 타든, 배를 타든, 높은 탑에 올라가든 기요하고 비교할 수 있는 사람이 아니다. 내가 교감이고 빨간 셔츠가 나라면, 역시 나한테 수다스럽게 비위를 맞추면서 빨간 셔츠를 놀려 댈 것이 분명했다. 소위 도쿄 토박이는 경박하다고 하지만, 정말이지 이런 사람이 시골을 돌아다니며 "저는 도쿄 토박이입니다."라고 말한다면, '경박'이란 말이 곧 '도쿄 토박이'를 뜻한다고 사람들은 생각할 것이다. 이런 생각을 하고 있는데 무슨 일인지 두 사람이 키득키득 웃기 시작했다. 웃음소리 사이사이에 무슨 말을 하는데 띄엄띄엄 끊겨서 통 무슨 말인지 알 수가 없었다.

"네? 어쩐지요……."

"…… 정말 그렇군요…… 모르니까요…… 죄입니다."

"설마……."

"메뚜기를…… 정말입니다."

나는 다른 말에는 귀 기울이지 않았으나 알랑쇠가 메뚜기라고 하는 말을 들었을 때는 무의식적으로 정신이 빠짝 들었다. 알랑쇠는 무엇 때문인지 메뚜기라는 단어만은 일부러 힘을 주어서 또렷하게 내 귀에 들리게 하고, 그 뒤는 얼버무려 버렸다. 나는 꼼짝도 하지 않고 듣고 있었다.

"또 그 홋타가……."

"그럴지도 모르겠군……."

"튀김…… 하하하."

"…… 선동해서……."

"경단도?"

말은 이렇듯 띄엄띄엄하지만 메뚜기라는 둥, 튀김이라는 둥, 경단이라는 둥 하는 말을 가지고 추측해 보면, 아무래도 나에 대한 비밀이야기를 하고 있는 것이 분명했다. 나를 앞에 두고 내 이야기를 하려면 더 큰 소리로 하는 게 좋지 않나. 그리고 나에 대한 비밀 이야기를 하려면 나를 아예 데리고 오지 않는 것이 옳지 않나. 정말이지 좋아할 수 없는 사람들이다. 메뚜기든 오뚝이든 간에 잘못은 내게 있는 것이 아니었다. 교장이 일단 자기에게 맡기라고 했기 때문에 너구리의 체면을 봐서 단지 지금은 참고 있는 것이다. 그런데 알랑쇠 주제에 쓸데없는 참견을 하고 있다. 붓이라도 빨며 틀어박혀 있을 것이지. 내 일은 조만간 내가 알아서 처리할 테니까 상관은 없지만, '훗타가'라든가 '선동해서'라든가 하는 말이 마음에 걸린다. 훗타가 나를 선동해서 사건을 크게 벌였다는 뜻인지, 혹은 훗타가 학생을 선동해서 나를 괴롭혔다는 것인지 짐작을 못 하겠다.

푸른 하늘을 보고 있자니, 햇빛이 점점 약해지고 약간은 서늘한 바람이 불기 시작했다. 향을 피울 때의 연기 같은 구름이 속이 훤히 들여다보이는 하늘 위를 살며시 퍼져 가는가 싶더니, 어느새 하늘 높이 구름이 흘러들어가서 엷게 안개로 덮은 듯한 모습이었다.

"이제 돌아갈까요?"라고 빨간 셔츠가 갑자기 생각난 것처럼 말하자, "예. 꼭 알맞은 시간이군요. 오늘 밤에는 마돈나 님을 만나십니까?" 하고 알랑쇠가 물었다. 빨간 셔츠는 "쓸데없는 소리 마세요.” 하고 뱃전에 의지했던 몸을 조금 일으켰다. “에헤헤헤, 괜찮아요. 들어도…….” 하며 알랑쇠가 뒤돌아 나를 보았다. 나는 눈을 부릅뜨고 알랑쇠를 정면에서 쏘아보았다. 알랑쇠는 눈부시다는 듯이 돌아서며 “이야, 이거 항복이야.” 하고는 목을 움츠리고 머리를 긁적였다. 어찌 저리도 약삭빠르단 말인가.

배는 잔잔한 바다에서 해변으로 노를 저어 돌아갔다. “선생은 낚시를 별로 좋아하지 않는 것 같군요.” 빨간 셔츠가 물었다. “예. 누워서 하늘을 보는 것이 더 좋습니다.”라고 대답하고는 피우고 있던 담배를 바닷속으로 던져 넣었다. 담배는 지익 하는 소리를 내며 노 끝에서 흩어진 물결 위로 떠내려갔다. “선생이 와서 학생들도 상당히 기뻐하고 있으니까 더욱 더 분발해 주세요.” 이번에는 낚시와는 전혀 상관도 없는 이야기를 했다.

“그다지 기뻐하지는 않지요.”

“아니, 인사치레가 아닙니다. 정말 기뻐하고 있다니까요. 그렇지요? 요시카와 군?”

“기뻐하는 정도가 아닙니다. 아주 난리가 났지요.” 알랑쇠가 히죽히죽 웃었다. 이 녀석이 하는 말은 하나하나 부아가 치미니 참 이상한 일이다.

“그러나 선생, 주의하지 않으면 위험해요.” 하는 빨간 셔츠의 말에 “어차피 위험합니다. 이렇게 되면 위험은 각오하고 있습니다.”라고 말해 주었다. 사실 내가 그만두든지, 기숙사생 녀석들을 모조리 사과하게 하든지 어느 한쪽을 택할 생각이었다.

"그렇게 말하면 어쩔 수 없지만 사실은 나도 교감으로서 선생을 생각해서 하는 말이니까, 나쁜 뜻으로 받아들이면 곤란해요."

"교감 선생님은 정말로 선생에게 호의를 갖고 계세요. 나도 힘은 없지만, 같은 도쿄 토박이니까 될 수 있는 한 학교에 오래 있길 바라고, 서로에게 힘이 되려고 생각해서, 이래 봬도 보이지 않는 곳에서나마 애를 쓰고 있어요."

알랑쇠가 사람다운 소리를 했다. 알랑쇠에게 신세질 정도라면 목을 매고 죽어 버리는 게 낫다.

"그래서 말이에요, 학생들은 당신이 온 것을 대단히 환영하고 있기는 하지만 이런저런 사정이 있어서 말이지요. 선생도 화나겠지만 지금은 참아야 할 때라고 생각하고, 참고 견뎌 주세요. 결코 선생에게 해로운 일은 하지 않을 테니까요."

"이런저런 사정이란 게 어떤 겁니까?"

"그게 좀 복잡하게 얽혀 있지만, 뭐 차차 알게 돼요. 내가 말하지 않아도 자연히 알게 될 거예요. 그렇지요, 요시카와 군?"

"네, 여간 복잡하게 얽혀 있지 않으니까요. 하루아침에 알 수는 없지요. 하지만 차차 알게 돼요. 내가 말하지 않아도 자연히 알게 될 겁니다."라고 알랑쇠는 빨간 셔츠와 똑같은 소리를 한다.

"그런 귀찮은 사정이라면 듣지 않아도 좋습니다만, 선생님 쪽에서 이야기를 꺼내셨으니까 여쭈어 보는 겁니다."

"그야 그렇지요. 이쪽에서 말을 꺼내 놓고, 그다음 이야기를 하지 않는 것은 무책임하군요. 그러면 이것만은 말해 둘게요. 당신에게는 실례지만, 이제 학교를 갓 졸업하고 처음으로 교사가 된 거지요? 그런데 학교라는 데는 상당히 관계 중심적이어서, 그렇게 선비처럼 담백하게만은 안 나가니까요."

"담백하게 안 나가면 어떤 식으로 나가는 겁니까?"

"자, 선생의 그런 솔직한 점이 아직 경험이 부족하다는 건데……."

"어차피 경험이야 부족한 게 당연하겠지요. 이력서에도 써 두었습니다만, 23년 4개월이니까요."

"자, 그래서 생각지도 않은 곳에서 이용당하는 일이 있을 겁니다."

"정직하게 살면 누가 이용을 한다고 해도 무서울 것 없습니다."

"물론, 무섭지는 않지요. 무섭지는 않지만, 이용당할 수 있어요. 바로 선생의 전임자가 이용당했으니까, 조심하지 않으면 안 된다고 하는 겁니다."

알랑쇠가 얌전하다고 생각해서 돌아보니, 어느새 배 뒷머리 쪽에서 사공하고 낚시 이야기를 하고 있다. 알랑쇠가 없기 때문에 말하기가 훨씬 수월했다.

"제 전임자가 누구에게 이용을 당했다는 겁니까?"

"누구라고 지목하면 그 사람의 명예와 관련되니까 말할 수 없지요. 아직 확실한 증거가 없어서 말을 하면 이쪽의 실수가 되거든요. 아무튼 모처럼 선생이 왔는데 여기에서 잘못하면 우리들도 선생을 부른 보람이 없지요. 아무쪼록 조심해 주세요."

"조심하라 해도, 이 이상 더 주의할 수는 없습니다. 나쁜 일을 안 하면 되겠지요?"

빨간 셔츠는 "호호호호." 웃었다. 나는 저런 웃음을 살 만한 말을 한 기억이 없다. 지금까지 살아오면서 이런 내가 옳다고 굳게 믿고 있었다. 생각해 보면 대부분의 세상 사람들은 나쁘게 되는 걸 부추기는 것 같다. 영악해지지 않으면 사회에서 성공하지 못한다고 믿고 있는 모양이다. 어쩌다가 정직하고 순수한 사람을 보면 '도련님'이라는 둥, '애송이'라는 둥 트집을 잡아 업신여긴다. 그렇다면 초등학교나 중학교에서 '거짓말하지 마라', '정직하게 살라'고 가르치지 않는 편이 좋다. 차라리 과감하게 학교에서 '거짓말하는 법'이라든지, '남을 믿지 않는 기술'이라든지, '사람을 이용하는 술책'을 가르치는 쪽이 세상에게나 당사자에게나 유익할 것이다. 빨간 셔츠가 "호호호호." 하고 웃은 건 나의 단순함을 비웃는 것이다. 단순함이나 솔직함이 비웃음을 당하는 세상이라면 어쩔 도리가 없다. 기요는 이럴 때 결코 웃은 적이 없다. 몹시 감탄하며 들었다. 그런 기요가 빨간 셔츠보다 훨씬 훌륭하다.

"물론 나쁜 짓을 하지 않으면 되지만 자신이 나쁜 짓을 하지 않는다 해도, 다른 사람의 나쁜 짓을 모른다면 역시 황당한 일을 당하게 될 거예요. 세상에는 활달하고 시원스럽게 보여도, 담백한 것처럼 보여도, 친절하게 하숙집 따위를 소개해 주어도, 좀처럼 안심할 수 없는 사람이 있으니까……. 제법 추워졌어요. 벌써 가을이군요. 해변 쪽은 안개로 자줏빛이 되었어요. 좋은 경치예요. 이봐요, 요시카와 군, 선생은 어떤가요? 저 해변 경치는……."

빨간 셔츠가 큰 소리로 알랑쇠를 불렀다.

"과연! 이거 절경인데요. 시간이 있으면 스케치를 할 텐데, 아쉽군요. 이대로 놓아두기에는." 알랑쇠는 야단스럽게 너스레를 떨었다.

항구의 식당 2층에 불이 하나 켜지고 기차의 기적 소리가 뿌우 하고 울릴 때, 내가 타고 있던 배는 해변의 모래사장에 뱃머리를 틀어박고 멈춰 섰다. "어서 오세요." 하고 주인아주머니가 해변에 서서 빨간 셔츠에게 인사를 했다. 나는 뱃전에서 "얏!" 하는 소리를 내며 해변으로 뛰어내렸다.

6

　알랑쇠는 정말 꼴도 보기 싫다. 이런 녀석은 맷돌을 매달아서 바다에 가라앉혀 버리는 것이 우리나라를 위하는 일이다. 빨간 셔츠는 목소리가 마음에 들지 않는다. 그 사람은 타고난 목소리를 일부러 꾸며서 그렇게 상냥한 것처럼 보이는 거겠지. 하지만 아무리 꾸민다 해도 저 얼굴짝으로는 도저히 무리다. 반하는 사람이 있다 해도 마돈나 정도일 것이다. 하지만 교감이니 만큼 알랑쇠보다 어려운 말을 한다. 집에 돌아와서 교감이 했던 말을 생각해 보니 얼핏 그럴듯하기도 하다. 확실하게는 말하지 않으니까 짐작하기는 어렵지만 어쨌든 거센 바람은 좋지 않은 놈이니 조심하라고 하는 말 같다. 그러면 그렇다고 딱 부러지게 말하면 좋을 텐데, 사내답지 못하다. 그리고 그렇게 나쁜 교사라면 빨리 파면시키는 것이 좋을 것이다. 교감이란 사람은 문학사나 되는 주제에 영 패기가 없다. 험담을 하면서도 공공연히 이름을 말하지 못할 정도니까 졸장부임이 분명하다. 졸장부는 친절한 법이니, 그 빨간 셔츠도 여자처럼 친절한 사람일 것이다. 어쨌든 친절은 친절, 목소리는 목소리니까 목소리가 마음에 안 든다고 해서 친절을 무시하시는 건 도리에 맞지 않다. 그렇다 하더라도 세상은 요지경 속이지 뭔가. 어쩐지 마음에 안 드는 녀석은 친절하고, 마음이 맞는 친구라고 생각한 녀석은 나쁜 놈이라니 어이가 없다. 아마도 시골이니까 모든 게 도쿄와는 다른 것이겠지. 뒤숭숭한 곳이다. 이러다가는 불난 것이 얼고, 돌멩이는 두부가 될지도 모른다. 그렇지만 거센 바람이 학생들을 선동하는 그런 장난을 칠 것 같지는 않은데. 학생들한테 가장 인기가 있는 교사라니까 하려고 마음만 먹으면 어지간한 일은 할 수 있을지도 모르지만. 하지만 그렇게 번거롭게 하지 않고 바로 나를 붙잡고 싸움을 걸었다면 수고가 덜했을 텐데. 내가 방해가 된다면, 사실은 이러이러해서 방해가 되니까 그만두어 달라고 하면 될 것이 아닌가. 일이란 협의에 따라서 어떻게라도 된다. 상대가 말하고자 하는 것이 타당하다면 내일이라도 그만두어 줄 수 있다. 여기에서만 쌀이 나는 것도 아닐 테니까. 세상 어디를 간다 해도 길가에서 굶어 죽지는 않을 것이다. 거센 바람도 어지간히 말이 통하지 않는 녀석이로구나.

이곳에 왔을 때 가장 먼저 빙수를 사 준 사람이 거센 바람이었다.

그렇게 겉과 속이 다른 녀석한테 빙수를 얻어먹는 건 내 체면과 관계가 있다. 나는 딱 한 그릇밖에 먹지 않았으니, 1전 5리밖에 신세지지 않았다. 그러나 1전이든 5리든 사기꾼에게 신세를 지는 것은 죽을 때까지 마음 편하지 않은 일이다. 내일 학교에 가면 1전 5리를 돌려줘야겠다. 나는 예전에 기요에게 3엔을 빌렸다. 그 3엔은 5년이 지난 지금까지 갚지 못했다. 갚을 수 없는 게 아니라 안 갚는 것이다. 기요는 '언제쯤 갚을까' 하며 내 호주머니 사정을 살피고 있지 않다. 나도 '이제는 갚아야지' 하고 남들에게 하는 것처럼은 하지 않을 작정이다. 내가 그런 생각을 하는 건 기요의 마음을 의심하고, 기요의 아름다운 마음씨에 누를 끼치는 것 같기 때문이다. 갚지 않는 것은 기요를 무시하는 것이 아니라, 기요를 내 일부라고 생각하기 때문이다. 기요와 거센 바람은 애초부터 비교가 되지 않지만, 예를 들어 빙수든 차든 간에 남에게 신세를 지고서 가만히 있는 것은 상대방을 어엿한 한 사람으로 인정하며 그 사람의 호의를 받아들이는 것이다. 내 몫을 내면 그걸로 끝날 일을, 마음속으로 고맙다고 여기며 신세를 졌다고 생각하게 되는 것이다. 어엿한 사람이라면 지위나 관직과 상관없이 다른 사람이 머리를 조아리는 것을 백만 냥보다 고귀한 답례라고 생각해야 한다.

　나는 거센 바람에게 1전 5리를 신세졌지만, 백만 냥보다 더 고귀한 답례를 했다고 생각한다. 거센 바람은 고맙게 생각해야 마땅할 것이다. 그런데도 뒤에서 비열한 짓을 하다니 괘씸한 녀석이다. 내일 가서 1전 5리를 갚아 버리면 신세진 것도 고마운 것도 없어진다. 그렇게 한 다음에 결판을 내야겠다.

여기까지 생각하자 잠이 와서 쿨쿨 자 버렸다. 다음 날은 다른 날보다 일찍 학교에 나가서 거센 바람이 오기를 기다렸다. 그런데 좀처럼 오지 않았다. 끝물 호박이 오고, 한문 선생이 오고, 알랑쇠가 왔다. 마지막으로 빨간 셔츠까지 왔지만, 거센 바람의 책상 위에는 분필 하나가 세로로 놓여 있을 뿐 조용했다. 나는 교무실에 들어서자마자 돌려줄 생각으로, 집을 나설 때부터 1전 5리를 손바닥에 꼭 쥐고 있었다. 나는 손에 땀이 많기 때문에 학교에 와서 펼쳐 보니 1전 5리가 땀에 젖어 있었다. 땀에 젖은 돈을 주면 거센 바람이 뭐라고 하겠지 하는 생각이 들어 책상 위에 돈을 놓고 후후 불어 말린 뒤 다시 쥐었다.

그때 빨간 셔츠가 와서 "어제는 실례, 폐를 끼쳤지요?" 하기에 "폐가 아닙니다. 덕분에 배가 고팠습니다."라고 대답했다. 그러자 빨간 셔츠는 거센 바람의 책상 위에 팔꿈치를 대고 그 떡판 같은 얼굴을 내 코앞까지 들이댔다. 무엇을 하려고 그러는가 했더니, "선생, 어제 돌아오는 길에 배 안에서 얘기했던 것은 비밀입니다. 아직 아무에게도 말하지 않았겠지요?"라고 한다. 여자 같은 목소리를 내는 만큼 걱정이 많은 남자인 것 같다. 아직은 말하지 않았다. 그러나 앞으로 이야기할 생각으로, 이미 1전 5리를 손바닥에 쥐고 있을 정도이니 여기서 빨간 셔츠가 내 입을 막으면 좀 곤란하다. 빨간 셔츠도 참 빨간 셔츠다. 거센 바람이라고 이름을 말하지는 않았다 하더라도, 짐작할 수 있게끔 넌지시 말을 해 놓고서 이제 와서 그 수수께끼를 풀면 난처하다고 하고 있다. 교감답지 않은 무책임한 행동이다. 원칙대로라면 나를 거센 바람과 당당히 맞서게 하고, 격전을 벌이고 있는 한복판에 나서서 당당하게 내 편을 들어 줘야 옳은 것이다. 그래야만 한 학교의 교감이고, 빨간 셔츠를 입고 있는 취지에도 맞다고 할 수 있을 것이다.

나는 아직 아무에게도 말하지 않았지만, 지금부터 거센 바람과 담판을 지을 생각이라고 말했다. 빨간 셔츠는 몹시 당황했다.

"선생, 그런 무모한 행동을 하면 곤란해요. 나는 선생에게 홋타 군에 대해서 아무것도 분명히 말한 기억이 없어요. 그런데 선생이 여기서 갑자기 난폭하게 굴면 내가 여간 거북해지는 게 아니지요. 설마 학교에서 소동을 일으킬 작정은 아닐 테지요?"

빨간 셔츠는 이상하게 상식에 벗어난 질문을 했다.

"물론입니다. 월급을 받으면서 소동을 일으키거나 하면 학교에서도 곤란하겠지요."

빨간 셔츠는 어제의 일은 나만 알고, 입 밖에 내지 말아 달라며 진땀을 흘리면서 부탁을 했다.

나는 "좋습니다. 그렇게 교감 선생님이 난처하시다면 그만두겠습니다." 하고 승낙했다. "정말 괜찮겠지요?" 빨간 셔츠가 다짐을 받듯 말했다. 정말 그 속을 알 수가 없다. 문학사가 모두 저렇다면 보잘것없는 사람들뿐이다. 앞뒤가 맞지 않고, 논리가 부족한 요구를 하고도 태연하다. 더구나 바로 나를 의심하고 있다. 이래 봬도 사내대장부다. 약속한 일을 뒤돌아서서 어기는 그런 비열한 짓은 하지 않는다.

그러는 동안 양 옆 책상의 주인들도 다 출근을 해서 빨간 셔츠는 서둘러 자기 자리로 돌아갔다. 빨간 셔츠는 걸음걸이부터 거드름을 피운다. 교무실 안을 왔다 갔다 할 때도 소리가 나지 않게 구두 뒤축을 살그머니 내딛는다. 소리를 내지 않고 걷는 것이 자랑이 되는 줄은 이때 처음 알았다. 도둑질 연습을 하는 것도 아니고, 평소처럼 하는 것이 좋을 텐데. 이윽고 수업 시작을 알리는 종소리가 울렸다. 거센 바람은 아직도 나오지 않았다. 할 수 없이 1전 5리를 책상 위에 두고 교실로 갔다.

첫째 시간 수업이 길어져서 조금 늦게 교무실로 왔더니 다른 교사들은 모두 책상을 사이에 두고 이야기를 하고 있었다. 거센 바람도 어느새 와 있었다. 결근인가 하고 생각했더니 지각을 한 모양이었다. 내 얼굴을 보자마자 "오늘은 자네 때문에 지각을 한 거야. 벌금을 내게." 하고 말했다. 나는 책상 위에 있던 1전 5리를 내밀며 지난번에 얻어먹은 빙수 값이라고 말했다. 거센 바람은 무슨 소리냐며 웃으려 했지만, 내가 뜻밖에 정색을 하고 있으니까, 쓸데없는 농담 하지 말라며 돈을 내 책상 위로 도로 밀어냈다. 이것 봐라, 주제에 끝까지 한턱 낼 생각이구나.

"농담이 아니라 정말일세. 나는 자네한테 빙수를 얻어먹을 까닭이 없으니까 돈을 내는 거야. 왜 안 받는 건가?"

"그렇게 1전 5리가 마음에 걸린다면 받겠지만, 왜 갑자기 이제 와서 돌려주려는 거야?

"이제든 저제든 얻어먹는 게 싫으니까 돌려주는 것뿐이야."

거센 바람은 차갑게 내 얼굴을 보고 "흥." 하고 콧방귀를 뀌었다. 빨간 셔츠의 부탁이 없었다면 여기서 거센 바람의 비열함을 폭로하고 한바탕 싸움을 할 텐데, 입 밖에 내지 않는다고 약속했으니까 참을 수밖에 없었다. 그런데 남은 이렇게 화가 나 있는데 "흥."이라니.

"빙수 값은 받을 테니, 하숙집에서 나가 주게."

"1전 5리를 받았으면 그것으로 됐네. 하숙을 나가든 말든 그건 내 맘이지."

"그런데 자네 마음대로가 아니거든. 어제 그 집 주인이 내게 와서 자네가 나가 주었으면 좋겠다고 하기에 그 까닭을 물었네. 주인이 하는 말이 일리가 있더군. 그래도 한 번 더 확실하게 알아보려고 오늘 아침 그 집에 들러서 자세한 이야기를 듣고 온 걸세."

나는 거센 바람이 하는 말이 무슨 뜻인지 통 알 수가 없었다.

"주인이 자네한테 무슨 말을 했는지 내가 알게 뭐야. 그렇게 자기 마음대로 결정해 버리다니 무슨 경우냔 말이야? 까닭이 있으면 까닭부터 말해야지. 다짜고짜 주인이 하는 말이 일리가 있다니, 무례하기 짝이 없는 소리 하지 말게."

"그래. 그렇다면 말해 주지. 자네가 난폭해서 그 하숙집에서 골치를 앓고 있다고 하네. 아무리 하숙집 여주인이지만 하녀와는 다르지. 그런데도 발을 내밀고 닦게 했다니 너무 심한 거 아닌가?"

"내가 언제 하숙집 여주인에게 발을 닦게 했단 말인가?"

"닦게 했는지 어쨌는지는 모르겠지만 아무튼 저쪽에선 자네 때문에 곤란해하고 있어. 그깟 하숙비 10엔이나 15엔은 족자를 한 폭 팔면 바로 들어온다고 말하던데."

"건방진 말을 지껄이는군. 그렇다면 애초에 왜 살게 한 건데?"

"왜 살게 했는지는 나도 모르지. 살게 하기는 했지만 지금은 싫으니까 나가 달라고 하는 거지. 자네가 나가 주게."

"당연하지. 있어 달라고 빌어도 안 있겠네. 도대체 그런 트집을 부리는 집을 소개해 준 자네부터가 괘씸해."

"내가 괘씸한지, 자네가 얌전하지 못한 건지, 둘 중 하나겠지."

거센 바람도 나 못지않게 불 같은 성미인지라 지지 않으려고 큰소리를 냈다. 교무실에 있던 사람들은 무슨 일이 생겼나 하고, 나와 거센 바람 쪽을 바라보며 턱을 길게 빼고 있다. 나는 별로 부끄러운 일을 한 기억이 없으니까 일어서면서 교무실 안을 쓰윽 둘러보았다. 모두가 놀라고 있는 표정인데 알랑쇠만은 즐거운 듯이 웃고 있었다. 내 큰 눈이 '네 녀석도 싸우고 싶냐' 하는 서슬 푸른 기세로, 알랑쇠의 호리병박 같은 낯짝을 몹시 쏘아보자, 알랑쇠는 갑자기 진지한 표정을 하고 무척이나 조심하는 얼굴을 한다. 약간은 겁이 났던 모양이다. 그러는 중에 종소리가 울렸다. 거센 바람도 나도 싸움을 멈추고 교실로 갔다.

오후에는 전날 밤 나에게 무례한 행동을 한 기숙사생 처분 문제에 대한 회의가 열렸다. 회의라는 것은 태어나서 처음이라 뭐가 뭔지 모르겠지만, 교직원들이 모여서 자신의 주장을 하고 그것을 교장이 적당히 정리하는 것이다. 정리한다는 것은 흑백을 가리기 어려운 일에 대해서 사용해야 하는 말이다. 그러나 이번 일 같은 경우, 누가 봐도 괘씸하다고 할 수밖에 없는 사건에 대해 회의를 하는 것은 시간 낭비다. 누가 어떻게 해석을 하더라도 다른 의견이 나올 수가 없다. 이렇게 명백한 것은 즉석에서 교장이 처분해 버리면 될 텐데, 어지간히도 결단성이 없다. 교장이라는 사람이 이 모양이라면, 말하는 것과는 딴판으로 태도가 불분명한 굼벵이라고 할 수 있다.

회의실은 교장실 옆에 있는 좁고 긴 방으로, 평소에는 식당으로 쓰인다. 검은 가죽을 씌운 의자 20개 정도가 긴 테이블 주위에 놓여 있는데 그 테이블 끝에 교장이 앉고, 교장 옆에는 빨간 셔츠가 버티고 있다. 그다음은 자기 마음대로 자리에 앉는 것이라지만, 체육 선생만은 언제나 제일 끝자리에 쪼그리고 앉는다고 한다. 나는 사정을 잘 모르기 때문에 과학 선생과 한문 선생 사이에 끼어 앉았다. 맞은편을 보니 거센 바람과 알랑쇠가 나란히 앉아 있다. 알랑쇠의 얼굴은 아무리 봐도 좀 처진다. 싸움은 했어도 거센 바람 쪽이 훨씬 멋있다. 오늘은 화가 나 있으니까 눈을 빙글빙글 돌리고는 가끔씩 내 쪽을 본다. 나도 지지 않으려고 역시 눈알을 굴리면서 그런 걸로 겁먹겠느냐는 투로, 거센 바람을 흘겨보았다. 내 눈은 모양이 예쁘지 않지만 크기에서는 웬만한 사람에게는 지지 않는다. "도련님은 눈이 크니까 배우가 되면 틀림없이 잘 어울릴 거예요." 하고 기요가 말했을 정도였다.

"이제 거의 모이셨습니까?" 교장이 말하자, 서기인 가와무라라는 사람이 머릿수를 세어 본다. 한 사람이 부족했다. 끝물 호박 군이 오지 않았다. 나와 끝물 군이 무슨 전생의 인연이 있었는지는 몰라도, 끝물 군과 만난 뒤로 계속 신경이 쓰인다. 교무실에 오면 바로 끝물 군이 눈에 띈다. 길을 걷고 있어도 끝물 군의 모습이 마음속에 떠오른다. 온천에 가면, 끝물 군이 가끔 창백한 얼굴을 하고 욕조 위로 떠오른다. 인사를 하면 "네." 하고 황송해서 머리를 숙이니까 미안한 마음이 든다. 학교에서도 끝물 군만큼 얌전한 사람은 없다. 좀처럼 웃는 일도 없지만 쓸데없는 말을 하는 일도 없다. 나는 '군자'라는 단어를 책에서 보았지만, 이것은 사전에만 있을 뿐 실제로 그런 사람이 있을 리는 없다고 생각하고 있었는데, 끝물 군을 만나고 난 뒤 비로소 '실제로 존재하는 사람이 있구나.' 하고 감탄했다.

이 정도로 인정하고 있는 사람인지라, 회의실에 들어오자마자 끝물 군이 없는 것을 바로 알아차렸다. 사실대로 말하자면, 그 사람 옆에 앉을 수 있을까 하고 은근히 기대하며 들어왔다. 교장은 "이제 곧 오시겠지요." 하고 자기 앞에 있는 보라색 비단 보자기를 풀어 인쇄물 같은 것을 읽었다. 빨간 셔츠는 호박 파이프를 비단 손수건으로 닦기 시작했다. 이것이 바로 이 남자의 취미다. 빨간 셔츠에 딱 걸맞은 짓이다. 다른 선생들은 옆에 앉은 사람과 서로 소곤거렸다. 할 일이 없어 따분한 사람들은 연필 끝에 달려 있는 지우개 끝으로 테이블 위에 계속해서 무언가 쓰기도 했다. 알랑쇠는 가끔 거센 바람에게 말을 걸지만, 거센 바람은 전혀 응하지 않았다. 단지 "네."라든가 "아아."라고 할 뿐인데 가끔 무서운 눈으로 내 쪽을 쳐다보았다. 나도 지지 않고 흘겨보았다.

그때 애타게 기다리고 있던 끝물 군이 미안한 표정으로 들어와서는 "사정이 좀 있어서 지각했습니다."라며 너구리에게 공손하게 인사했다. 너구리는 "그럼, 회의를 시작하겠습니다."라고 말하고 서

기인 가와무라에게 인쇄물을 돌리게 했다. 살펴보니 처음이 기숙사생 처분에 관한 건, 다음이 학생 단속에 관한 건, 그밖에 두세 가지 안이 더 있다. 너구리는 언제나처럼 점잔을 빼면서 교육의 화신이라도 되는 듯한 모습으로 말을 했다.

"학교의 직원과 학생에게 과실이 있는 것은 모두 제가 부덕한 탓입니다. 무슨 사건이 있을 때마다 저는 용케도 교장 자리에 앉아 있다고 남몰래 부끄러운 마음 금할 길 없었는데, 불행하게도 이번 역시 이런 소동을 일으킨 것에 대하여 깊이 여러분께 사죄드리지 않을 수 없습니다. 그러나 일단 일이 일어난 이상은 어쩔 수가 없습니다. 어떻게든 처분을 내리지 않으면 안 됩니다. 어떤 일이 있었는지는 여러분도 다 알고 있으니, 어떤 좋은 대책이 있는지 기탄없이 말씀해 주십시오."

나는 교장의 말을 듣고, '역시 교장인지 너구리인지 하는 인물은 말로는 정말 훌륭한 사람이구나.' 하고 감탄했다. 이렇게 교장이 모든 것을 책임지고 자신의 과실이라든가, 부덕이라든가 하는 말을 할 정도라면 학생을 처분하는 것은 그만두고, 자기부터 먼저 물러나면 좋을 것이 아닌가. 그렇게 한다면 이런 성가신 회의 같은 것은 열 필요도 없을 것이다. 우선 상식적으로 생각해도 알 수 있다. 내가 얌전하게 숙직을 했다. 학생들이 거친 행동을 했다. 나쁜 것은 교장도 아니고, 나도 아니다. 학생들인 것이 분명하다. 만약 거센 바람이 선동을 했다고 한다면 학생과 거센 바람을 처벌하면 될 것이다. 다른 사람의 잘못을 스스로 떠맡아 '내 잘못이다, 내 잘못이다.' 하고 떠들어대는 녀석이 세상에 어디 있단 말인가. 너구리가 아니고서는 할 수 없는 재주가 아닌가. 그는 이런 이치에 맞지도 않는 말을 하고도 잘났다는 듯이 모든 사람을 둘러보았다. 그러나 아무도 입을 여는 사람이 없었다. 과학 선생은 학교 건물 지붕 위에 앉은 까마귀를 쳐다보고 있었다. 한문 선생은 인쇄물을 접었다 폈다 하고 있고, 거센 바람은 아직도 내 얼굴을 흘겨보고 있었다. 회의라는 것이 이렇게 시시한 거라면 참석하지 않고 낮잠이나 자는 편이 더 낫겠다.

나는 속이 상해서 한번 강하게 말해야겠다는 생각으로 반쯤 엉덩이를 쳐들었다가 그만두었다. 빨간 셔츠가 무언가 말을 꺼내기 시작했기 때문이다. 빨간 셔츠는 파이프를 집어넣고 줄무늬가 있는 비단 손수건으로 얼굴을 닦으면서 말을 시작했다. 저 손수건은 필시 마돈나에게서 빼앗은 것이 틀림없다. 남자는 흰 모시를 쓰는 법이다. "저도 기숙사생의 소동을 듣고는 교감으로서 많이 소홀했던 점, 또한 평소의 덕행이 학생들에게 미치지 못했던 점을 깊이 부끄럽게 생각했습니다. 그러나 이런 사건은 사건 그 자체를 보면 학생만 나쁜 것 같지만, 사실을 밝혀 보면 책임은 도리어 학교에 있을지도 모릅니다. 그러므로 겉으로 드러난 것 가지고 엄중하게 처벌하는 것은 오히려 앞날을 위해서 좋지 않을 것 같습니다. 게다가 학생들은 혈

기가 왕성하니까 활기가 넘쳐서 옳고 그른 것에 대한 구별 없이, 무의식적으로 이런 장난을 할 수도 있습니다. 물론 처벌은 교장 선생님 판단에 달려 있는 만큼 제가 외람된 말씀드리지 않겠습니다. 아무쪼록 그러한 점을 헤아려 주서서 관대한 처분을 부탁드립니다."

과연 너구리가 너구리라면 빨간 셔츠도 빨간 셔츠다. 학생이 난동부리는 것은 학생이 나쁜 것이 아니라 교사가 나쁜 것이라고 공공연히 말하고 있다. 미친놈이 남의 머리를 때리는 것은 맞은 사람이 맞을 짓을 했기 때문이라는 것인가. 아주 고마운 말씀이다. 활기가 넘쳐 주체하지 못한다면 운동장에 나가 씨름이라도 하는 편이 낫다. 무의식적으로 남의 이부자리 속에 메뚜기를 집어넣었다고 할 수 있느냔 말이다. 이런 상태라면 자는 동안 목이 잘려도 무의식적으로 한 짓이니 봐주라고 해야 할 것이다.

나는 무슨 말을 할까 궁리해 보았지만 말을 하려면 사람들을 놀라게 힐 징도로 거침없이 하시 않으면 소용이 없다는 걸 깨달았다. 내 버릇 중 하나가 화가 치밀었을 때 말을 하면 두 마디나 세 마디에서 꼭 말이 막혀 버리는 것이다. 너구리든 빨간 셔츠든 인물로 말하자면 나보다 못하지만, 말솜씨는 보통 좋은 사람들이 아니다. 서투르게 말을 했다가 말꼬리를 잡히면 재미없다.

꼬투리 잡히지 않을 말을 하려고 마음속에서 문장을 만들고 있을 때였다. 앞에 있던 알랑쇠가 갑자기 일어섰다. 알랑쇠 주제에 의견을 말하다니 건방지다. 알랑쇠는 여전히 그 경솔하게 지껄이는 말투로 "실로 이번 메뚜기 사건 및 고함 사건은 저희 지각 있는 교직원에게 우리 학교 앞날에 대해 불안감을 품게 하기에 충분한 보기 드문 사건으로서, 저희 직원들은 이번 기회에 적극적으로 스스로를 돌아보고, 전교의 기강을 바로잡지 않으면 안 될 것입니다. 그래서 지금 교장 선생님 및 교감 선생님께서 말씀하신 의견은 참으로 정곡을 찌르는, 아주 타당하신 의견으로서, 저는 전적으로 찬성합니다. 아무쪼록 가능한 한 관대한 처분을 내려 주시길 바랍니다."라고 했다. 알랑쇠가 하는 말은 언어로는 존재하지만 의미가 없다. 한자를 끊임없이 늘어놓았을 뿐 의미를 알 수 없었다. 알아들은 것은 "전적으로 찬성합니다."라는 말뿐이었다.

나는 알랑쇠가 하는 의미 없는 말에 너무나 화가 났다. 그래서 무슨 말을 할지 생각도 하기 전에 벌떡 일어나 버렸다. "저는 전적으로 반대합니다."라고 말은 했으나 뒷말이 갑자기 나오지 않았다. "그런 조리에 맞지 않는 엉뚱한…… 처분은 너무 싫습니다."라고 덧붙였더니, 모두 웃기 시작했다. "학생들이 절대로 나쁩니다. 무슨 일이 있어도 용서를 빌게 하지 않으면 버릇이 됩니다. 퇴학시켜도 상관없습니다…… 뭡니까. 돼먹지 못하게. 새로 온 교사라고 얕잡아 보고……." 하며 자리에 앉았다. 그러자 오른쪽 옆에 있던 과학 선생이 "학생들도 나쁘지만, 너무 엄한 처벌을 하면 도리어 반발심을 일으켜서 좋지 않을 겁니다. 역시 교감 선생님이 말씀하신 것처럼 관대한 쪽에 찬성합니다."라고 나약한 소리를 했다. 왼쪽에 앉은 한문 선생도 온건한 처리에 찬성이라고 했다. 역사 선생도 교감과 같은 의견이라고 했다. 분하다. 대부분의 사람들이 빨간 셔츠 일당이다. 이런 무리들은 학교에 아무런 도움도 되지 않는다. 나는 학생에게 용서를 빌게 하든지, 내가 사표를 내든지 둘 중 하나를 생각하고 있었다. 만약 빨간 셔츠가 승리를 거둔다면, 즉시 집으로 돌아가 짐을 꾸릴 각오를 하고 있었다. 어차피 이런 사람들을 말재주로 굴복시킬 자신은 없고, 굴복시킨다 하더라도 같은 교사로 잘 지내는 것은 내가 거부한다. 학교를 그만두게 되어도 상관이 없다. 하지만 다시 무슨 말을 하면 웃을 것이 틀림없었다. 그래서 '누가 말할 줄 알고?' 하며 모른 척하고 있었다.

그러자 지금까지 잠자코 듣고 있던 거센 바람이 벌떡 일어났다. 이 녀석 또한 빨간 셔츠 의견에 찬성한다고 하겠지. 어차피 네놈하고는 싸움뿐이니 마음대로 해 보라며 보고 있자, 거센 바람은 유리창을 뒤흔들 듯한 목소리로 말을 시작했다.

"저는 교감 선생님과 다른 여러분의 의견에는 절대 동의하지 않습니다. 이 사건은 어느 면에서 보나, 50명의 기숙사생이 신참 교사 아무개 씨를 무시하고 조롱하려고 한 행위로밖에는 인정할 수 없습니다. 교감 선생님은 그 원인을 교사의 인물 됨됨이에서 찾으시려는 것 같습니다만, 그것은 실언이 아닌가 생각합니다. 아무개 씨가 숙직을 맡은 것은 부임 후 얼마 되지 않았을 때의 일로, 아직 학생들을 접한 지 20일도 채 되지 않았을 무렵입니다. 이 짧은 20일 동안에 학생은 교사의 학문이나 인격을 평가할 여유가 없습니다. 경멸할 만한 마땅한 이유가 있어서 경멸한다면 학생들의 행동을 헤아려 보겠지만, 아무런 원인도 없이 신참 교사를 우롱하는 경박한 학생을 관대하게 처분하는 건 학교의 위신과 관계된다고 생각합니다. 교육의 정신은 단지 학문을 가르치는 것뿐만 아니라, 고상하고, 정직하고, 무사다운 활력을 배우게 하는 동시에, 야비하고, 경솔하고, 난폭하고, 오만한 나쁜 습관을 버리게 하는 데에 있다고 생각합니다. 만일 반발이 무섭다는 둥, 소동이 커진다는 둥 그런 약한 말을 한다면 이 나쁜 풍습은 언제 고쳐질지 모릅니다. 이러한 나쁜 풍습을 없애게 하기 위해 우리가 이 학교에서 월급을 받고 있는 것이므로, 이것을 못 본 체하고 넘어갈 정도라면 처음부터 교사가 되지 않는 것이 옳았을 거라 생각합니다. 저는 이상의 이유로 기숙사생들을 엄벌에 처할 뿐만 아니라, 해당 교사 앞에서 공식적으로 사죄의 뜻을 표하게 하는 것이 옳은 조치라고 생각합니다.”

거센 바람은 말을 끝내자 쿵 하고 소리를 내며 자리에 앉았다. 사람들은 입을 다물고 아무 말도 하지 않았다. 빨간 서츠는 또 다시 파이프를 닦기 시작했다. 나는 왠지 여간 기쁘지 않았다. 내가 말하고자 하는 바를 나 대신에 거센 바람이 전부 이야기해 준 셈이다. 나는 이런 단순한 인간이라 지금까지의 싸움은 완전히 잊어버렸다. 자리에 앉은 거센 바람을 매우 고마워하는 얼굴로 바라보았다. 거센 바람은 모른 척하는 얼굴을 했다.

그리고 얼마 지나지 않아 거센 바람이 다시 일어났다.

"아까 잠깐 잊고 빠뜨린 말이 있어서 말씀드립니다. 그날 밤의 숙직 교사는 숙직 중에 외출을 해서 온천에 다녀온 것 같은데, 그것은 상식에 맞지 않는 일이라고 생각합니다. 적어도 자신이 한 학교의 숙직을 맡은 이상, 감독하는 사람이 없는 것을 기회로 삼아, 그것도 하필이면 다른 곳도 아닌 온천 같은 곳에 목욕하러 간다는 것은 큰 잘못입니다. 학생 문제는 학생 문제로 하고, 이 점에 대해서는 교장 선생님이 특별히 책임자에게 주의를 줄 것을 부탁드립니다."

이상한 녀석이다. 칭찬하는 줄 알았더니 곧바로 남의 허물을 폭로하고 있다. 나는 아무 생각 없이, 전에 숙직한 사람도 나돌아 다녔다는 것을 알고, 그것이 관행이라고만 생각하고 무심코 온천까지 가고 말았지만, 과연 듣고 보니 그것은 내가 잘못했다. 추궁을 당해도 할 말이 없다. 그래서 나는 또 다시 일어나서 "저는 숙직 중에 온천에 갔습니다. 그것은 정말로 잘못한 일입니다. 사과드립니다." 하고 말하고 앉았더니, 모두가 또 웃기 시작했다. 내가 무슨 말만 하면 웃는다. 한심한 녀석들이다. 네 녀석들은 이렇게 자기 자신의 잘

못된 점을 공식적으로 잘못했다고 인정할 수 있느냐. 그렇지 못하니까 웃는 거겠지.

마침내 교장은 "이제 다른 의견도 없는 것 같으니까, 잘 생각해서 처리하겠습니다." 하고 말했다. 그 처리는 이러했다. 기숙사생은 1주일간 외출을 금지당했고, 내 앞에 와서 사죄를 했다. 사죄를 하지 않으면 사표를 내고 돌아가려고 했으나 사과를 받았기 때문에 그대로 있게 되었다. 하지만 내가 원하는 대로 된 이 결과가 결국 뒤에 더 큰일을 만들고 말았다. 무슨 일인지는 나중에 이야기하겠지만.

회의 때 교장은 이런 말도 했다. 학생들의 예의범절은 교사가 모범을 보이며 바로잡아가야 한다고 말하며 그 첫 번째로, 교사는 될 수 있는 한 음식점 같은 곳에 출입을 하지 않았으면 좋겠다. 다만 송별회 같은 때는 문제없지만, 혼자 그다지 점잖지 못한 장소에 가는 것은 그만두었으면 한다. 예를 들면 메밀국수집이라든가, 경단집이라든가. 교장이 이렇게 말하자, 다시 모두들 웃었다. 알랑쇠가 거센 바람을 보고 튀김이라고 말하며 눈짓을 했지만, 거센 바람은 상대하지 않았다. 그것 참 고소하다.

나는 머리가 나빠서 너구리가 하는 말 같은 건 이해 불가지만, 메밀국수나 경단을 먹으러 가는 게 중학교 교사로서 해서는 안 될 일이라면 나 같은 먹보는 도저히 감당할 수 없는 일이라고 생각했다. 그렇다면 처음부터 메밀국수나 경단을 싫어하는 사람을 골라서 채용하면 될 텐데. 설명도 없이 임명장을 내주고, '메밀국수를 먹지 마라', '경단을 먹지 마라' 하고 무자비한 공지를 하는 것은 나같이 별다른 취미가 없는 사람에게는 커다란 타격이다. 빨간 셔츠가 입을 열었다. "원래 중학교의 교사란 사회의 상류 계급에 속하므로, 단순히 물질적인 쾌락만을 추구해서는 안 됩니다. 그 방면에 빠지게 되면 자기도 알지 못하는 사이에 품성에 나쁜 영향을 미치게 됩니다. 그러나 인간이다 보니 무언가 오락이 없으면 이 시골 같은 좁은 바닥에서는 도저히 지낼 수 없을 것입니다. 그래서 낚시를 간다든지, 책을 읽는다든지, 또는 시나 하이쿠[+]를 짓는다든지, 무엇이든 고상한 정신적 오락을 찾지 않으면 안 되겠습니다."

잠자코 듣고 있자니 제멋대로 말하고 있다. 앞바다에 가서 비료를 낚든지, 고르키를 러시아 문학자라고 하든지, 단골 기생을 소나무 밑에 서 있게 하는 것이 정신적인 오락이라면, 튀김을 먹고 경단을 삼키는 것도 정신적 오락이다. 그런 쓸데없는 오락을 가르치는 것보다 빨간 셔츠나 빼는 것이 좋지 않을까. 너무 화가 나서 "마돈나를 만나는 것도 정신적 오락입니까?" 하고 물어보았다. 그런데 이번에는 아무도 웃지 않는다. 묘한 얼굴을 하고 서로 눈과 눈을 마주치고 있다. 빨간 셔츠 자신은 괴로운 듯이 고개를 숙이고 있다. 그

[+] **하이쿠** : 일본 고유의 5, 7, 5의 17자로 이루어진 시

것 봐라. 고소하다. 다만 딱한 것은 끝물 군이다. 내 말을 듣고는 창백한 얼굴이 더욱 더 창백해져 있었다.

    나는 그날 밤 즉시 하숙집을 나왔다. 하숙집에서 짐을 싸고 있는데 주인집 마누라가 "뭔가 잘못된 일이라도 있었습니까? 화나는 일이 있으면 말해 주세요. 고치겠습니다."라고 한다. 정말 놀랄 수밖에 없다. 세상에는 어째서 이런 엉뚱한 사람들만 모여 있는 걸까? 나가 달라는 건지, 있어 달라는 건지 알 수가 없다. 꼭 미친 사람 같다. 이런 사람을 상대로 싸워 봤자 도쿄 토박이의 수치일 뿐이다. 인력거꾼을 불러서 얼른 나와 버렸다.

    나오기는 나왔지만 어디로 갈지 정한 곳도 없었다. 인력거꾼이 "어디로 가십니까?" 하고 묻길래, "잠자코 가. 곧 알게 될 테니까." 하고 말했다. 야마시로야 여관으로 가 볼까 생각도 했지만 다시 나와야 하니까 결국 더 번거롭게 된다. 이렇게 가는 동안에 하숙이든 뭐든 간판이 붙은 집이 눈에 띄겠지. 그렇게 되면 그곳을 하늘이 정해 준 숙소라고 생각하자. 이런 마음을 먹고 이리저리 한적하고 살기 좋아 보이는 곳을 가는 동안에 드디어 가지야초로 오고 말았다. 여기는 무사들이 사는 거리라서 하숙집 같은 것이 있는 동네가 아니었다. 더 번화한 동네로 되돌아갈까 하고 생각하다가 문득 좋은 생각이 떠올랐다. 내가 좋아하는 끝물 군이 이 동네에 살고 있었다. 끝물 군은 이곳 토박이로 조상 대대로 내려온 저택을 갖고 있을 정도니까, 분명 이 근처 사정에 밝을 것이다. 그 사람을 찾아가서 물어보면 적당한 하숙집을 찾아 줄지도 모른다. 다행히 한 번 인사를 온 곳이라 대충 방향은 알고 있었기 때문에 찾느라 헤맬 염려는 없었다. 여기쯤이겠지 하고 어림짐작으로 "여보세요, 여보세요?" 하고 두 번 정도 불렀더니, 안에서 한 쉰 살쯤 되어 보이는 부인이 고풍스러운 등불을 들고서 나타났다. 나는 젊은 여자도 싫지는 않지만, 나이 든 여인을 보면 어쩐지 정겨움을 느낀다. 아마 기요를 좋아하니까 그 마음이 나이 든 부인들에게 옮아가는 것 같다. 이 분은 아마 끝물 군의 어머니일 것이다. 짧은 머리를 한 품위 있는 부인이다. 끝물 군과 많이 닮았다. 들어오라고 하는 걸 잠깐 볼일이 있다며 끝물 군을 현관으로 불러냈다. 끝물 군에게 사정이 이러이러한데 어디 아는 곳이 없는지 물어보았다. 끝물 군은 "그것 참 곤란하게 되셨습니다." 하고 잠시 생각하더니 "이 뒷동네에 하기노라는 노인 부부가 사는 집이 있습니다. 지난번에 방을 비워 두기가 아깝다고 확실한 사람 있으면 방을 소개해 달라고 부탁한 적이 있습니다. 지금이라도 빌려 줄지 어떨지는 모르겠지만, 어디 함께 가서 물어보십시다." 하고 친절 하게 데리고 가 주었다.

그날 밤부터 하기노 집안의 하숙생이 되었다. 놀란 것은 내가 머물던 하숙집을 나오자마자, 바로 그다음 날부터 알랑쇠가 태연한 얼굴로 내가 있던 방을 점령한 일이었다. 여간해서는 놀라지 않는 나도 그 일에는 그만 어처구니가 없었다. 세상은 사기꾼투성이고 서로 속고 속이고 있는지도 모른다. 무척 짜증이 났다.

세상이 이렇다면 나도 지지 않을 각오를 하고 세상 돌아가는 대로 하지 않으면 살아남지 못할 것이다. 소매치기의 등을 쳐 먹지 않고는 하루 세 끼 밥상을 받을 수 없다고 한다면, 이렇게 살아가는 것도 생각해 볼 문제다. 그렇다고 싱싱한 젊은 몸으로 목을 매서야, 조상에게 미안할 뿐 아니라 세상에도 체면이 안 선다. 생각해 보니 물리 학교 같은 데 들어가서 수학 같은 쓸데없는 재주를 익히는 것 보다는, 600엔을 밑천으로 해서 우유 장사라도 했으면 좋았을 뻔했 다. 그랬더라면 기요도 내 곁을 떠나지 않아도 되고, 나도 멀리서 기요 걱정 안 하고 지낼 수 있었겠지. 함께 지낼 때는 몰랐지만 이렇게 시골에 와 보니 기요는 역시 좋은 사람이다. 그런 마음씨 고운 여자 는 이 나라 전체를 돌아다녀도 좀처럼 찾을 수 없을 것이다. 내가 기요를 떠날 때는 기요가 감기에 걸려 있었는데 지금쯤은 어떤지 모르겠다. 전에 보낸 편지를 보고서는 꽤나 좋아했을 것이다. 그건 그렇고 답장이 올 때가 되었는데……. 이런 생각 속에서 2, 3일을 지내고 있었다.

기요가 마음에 걸려 하숙집 할머니에게 "도쿄에서 편지는 안 왔습니까?" 하고 가끔 물어보지만, 물을 때마다 "아무것도 오지 않았시유." 하며 미안한 얼굴을 한다. 이 집 부부는 지난번 하숙집과는 달라서, 본래가 무사의 양반 가문이었던 만큼 두 사람 모두 점잖다. 할아버지가 밤이 되면 이상한 소리를 내면서 옛 노래를 부르는 것은 질색이지만, 예전 하숙집처럼 "차 한 잔 합시다." 하며 무턱대고 행동하지 않으니까 아주 편하다. 할머니는 가끔 내 방에 와서 이런저런 이야기를 한다. "어째서 색시를 데리고 오지 않았나유?" 하고 묻기도 한다. "색시가 있는 것처럼 보입니까? 이래 봬도 아직 스물넷입니다."라고 했더니, "스물넷이면 색시가 있는 것은 당연한 거지유." 하며 말을 꺼낸다. 어디 사는 누구는 스무 살인데 아내를 맞았다느니, 어디 사는 누구는 스물둘인데 애를 둘 가졌다느니, 남의 이야기를 예로 들어가며 반박을 하는 데는 질려 버렸다. "그럼 나도 스물넷인데 색시를 얻을 테니까, 소개해 주시지 않을래요?" 하고 물었다. 참말이냐고 묻기에 "참말이고말고요. 난 색시를 얻고 싶어서 죽겠는걸요." 하고 대답했다.

"그렇고 말고지유. 젊을 때는 누구든지 그런 법이라우."

이 말에는 딱히 대답할 말을 찾지 못했다.

"그렇지만 선생님은 색시가 벌써 있지유? 난 진작부터 다 알고 있었시유."

"이야, 대단하신데요. 어떻게 다 알고 계셨나요?"

"어떻게라니유? 도쿄에서 편지는 안 왔나요 하면서 날마다 기다리고 있잖아유."

"이거 놀랐는데요. 대단히 눈치가 빠르시네요."

"맞지유?"

"글쎄요. 그럴지도 모르지요."

"그런데 요새 아가씨는 옛날하고 달라서 마음을 놓을 수가 없어유. 조심하는 게 좋겠구면유."

"무슨 소리세요? 제 색시가 도쿄에서 다른 신랑이라도 됐단 말입니까?"

"아니유. 선생님 색시야 틀림없겠지만……."

"그렇다면 겨우 안심했습니다. 그럼 뭘 조심하라는 겁니까?"

"선생님 색시는 틀림없겠지만……"

"어디 바람난 색시라도 있나요?"

"이 근방에도 꽤 있지유. 선생님, 저 도야마네 따님을 아시지유?"

"아뇨, 모르는데요."

"아직 모르시는구만유. 이 근방에서는 제일가는 미인이지유. 워낙 미인이라 학교 선생님들은 모두 마돈나라고 부르데유. 아직 못 들어 보셨어유?"

"아아, 마돈나 말입니까? 저는 기생 이름인 줄 알았지요."

"아니유, 선생님. 마돈나라는 말은 서양 사람들 말로, 미인이란 말이잖아유."

"그럴지도 모르지요. 이거 놀랐는데요."

"아마 미술 선생님이 붙인 이름일 거유."

"알랑쇠가 지었군요?"

"아니요, 그 미술 가르치는 요시카와 선생님이 지어 준 거지유."

"그 마돈나가 얌전치 못한가요?"

"그 마돈나가 얌전치 못한 마돈나지유."

"애물단지군요. 별명 붙은 여자치고 옛날부터 변변한 사람 못 봤으니까요."

"참말 그래유. 마돈나가 말이에유, 선생님. 왜 저, 선생님을 여기에 소개해 주신 고가 선생님 있잖아유. 그분한테 시집갈 약속이 되어 있었는데유."

"그래요? 이상하군요. 그 끝물 군이 그런 여자에게 사랑받는 남자인 줄은 생각도 못 했습니다. 사람을 겉으로 봐선 모르겠네요, 좀 주의해서 봐야겠는데요."

"그런데 작년에 그 댁 아버님이 돌아가셨어요. 그때까지는 돈도 있었고, 은행에 주식도 가지고 있었고 해서 만사가 다 잘돼 갔었는 디유. 어찌된 영문인지 갑자기 집안 살림이 어려워져가구, 말하자 면 고가 선생님이 사람이 너무 좋아서 사기를 당했시유. 이런저런 일 로 혼인도 늦어지고 있던 차에 그 교감 선생님이 나타나서 꼭 색시 로 맞고 싶다고 졸랐지유."

"그 빨간 셔츠가 말입니까. 고약한 놈이로군요. 어쩐지 그 빨간 셔츠는 보통 셔츠가 아닌 것 같더라고요. 그래서요?"

"사람을 시켜서 속내를 물어 보니 도야마 씨도 고가 선생한테 미 안하니까, 당장에는 대답하기 어려워서 '좀 생각해 보지요.' 하는 정 도로 대답을 했다는 거유. 그랬더니 빨간 셔츠가 이리저리 손을 써 서 도야마 씨 댁에 드나들게 되었지유. 그리고 마침내 선생님, 아가 씨도 넘어가고 말았시유. 빨간 셔츠도 빨간 셔츠지만, 아가씨도 아 가씨라고 다들 나쁘게 말해유. 한번 고가 선생한테 시집간다고 승 낙을 해 놓고는 이제 와서 대학 나온 선생이 왔다고 해서 그쪽으로 바꾸려고 든다니, 그래서야 어떻게 하늘을 보고 다닌대유, 선생님?"

"너무했네요. 하늘만 못 보는 게 아니라 아무것도 못 볼 정도로 미안해야겠네요."

"그런 고가 선생이 안됐다고, 친구인 홋타 선생이 교감한테 충고 를 하러 갔더니, 그 빨간 셔츠 선생이 '난 약혼한 사람을 가로챌 생각은 없다. 파혼을 한다면 모르겠지만 지금으로서는 도야마 집안하고 교제만 하고 있을 뿐이다. 도야마 집안과 교제하는 걸 내가 고가 선생에게 미안해해야 할 이유는 없다.'고 하기에 홋타 선생도 할 수 없이 그냥 돌아왔다고 하던데유. 그래서 빨간 셔츠 선생하고 홋타 선생은 그 이후로 사이가 나빠졌다는 소문이지유."

"정말 이런저런 사정을 잘 아시는군요. 어떻게 그렇게 자세히 아십니까? 놀랍네요."

"좁은 마을이니까 뭐든지 알지유."

너무 알아서 곤란할 정도다. 이런 정도라면 내 튀김국수나 경단 사건도 알고 있을 것이다. 정말이지 성가신 곳이다. 하지만 덕분에 마돈나가 누군지 알았고 거센 바람과 빨간 셔츠의 관계도 알게 되었다. 상당한 정보를 얻었다. 단지 곤란한 것은 어느 쪽이 나쁜 놈인지 정확한 판단을 할 수가 없다는 것이다. 나같이 단순한 사람한테는 백인지 흑인지 구분을 해 주지 않으면 어느 쪽 편을 들어야 할지 알 수가 없다.

"빨간 셔츠와 거센 바람 중에 어느 쪽이 좋은 사람인가요?"

"거센 바람이 뭐예유?"

"거센 바람은 홋타 선생입니다."

"그야 힘이 세기는 홋타 선생이 세어 보이지만, 그래도 빨간 셔츠 선생은 대학을 나온 사람이니까 유능한 편이지유. 그리고 상냥하기도 빨간 셔츠 선생이 상냥하지만, 학생들 평판은 홋타 선생 쪽이 좋다고 하던데유.”

“결국 어느 쪽이 좋은 사람인가요?”

“결국 월급이 많은 쪽이 잘나지 않았겠슈?”

이래서야 더 물어보아도 별수가 없을 것 같아서 그만두었다. 그 후 2, 3일쯤 지난 어느 날, 학교에서 돌아오니 할머니가 싱글싱글 웃으며 말했다.

“아이고, 오랫동안 기다리셨네유. 이제야 왔시유.”

편지 한 통을 가지고 와서 “천천히 보세유.” 하고 나갔다. 기요한테서 온 편지다. 쪽지가 두세 장 붙어 있어서 살펴보니, 야마시로야 여관에서 예전 하숙집으로 보내고, 예전 하숙집에서 다시 지금 여기로 온 것이다. 게다가 야마시로야에서는 일주일쯤 묵었다. 여관인 만큼 편지까지 묵게 할 생각이었나 보다. 뜯어 보니 대단히 긴 편지다.

도련님의 편지를 받고서 바로 답장을 쓰려고 했으나, 공교롭게도 감기에 걸려서 일주일쯤 누워 있었기 때문에 늦어졌어요. 게다가 요새 아가씨들처럼 읽고 쓰는 것이 능숙하지 못해서 이렇게 서투른 글씨라도 쓰는 데 여간 애를 먹은 것이 아니에요. 조카에게 대필을 부탁하려 했으나 모처럼 보내는 것을 내 손으로 직접 쓰지 않으면, 도련님한테 죄송스러워서 일단 한 번 쓴 걸 다시 옮겨 썼습니다. 옮겨 쓰는 데는 이틀이 걸렸으나 처음 편지를 쓰는 데는 나흘이나 걸렸어요. 읽기 힘들지 모르겠으나 그래도 정성껏 쓴 것이니 아무쪼록 끝까지 읽어 주세요.

이렇게 편지를 시작해서 120센티미터 가량 되는 편지지에 이런저런 것이 적혀 있다. 정말로 읽기가 힘들다. 글씨가 서투를 뿐 아니라 대부분 히라가나이기 때문에 어디서 끊어지고 어디서 시작하는지 끊어 읽는 것이 상당히 힘들다. 나는 성격이 급해서 이렇게 길고 알아보기 힘든 편지는 '5엔 줄 테니 읽어 달라.'고 부탁해도 거절하겠지만 이번만은 꼼꼼하게 처음부터 끝까지 다 읽어 내려갔다. 한 번 읽어도 좀처럼 의미가 연결되지 않아서 다시 처음부터 다시 읽어 보았다. 방 안이 좀 컴컴해져서 아까보다 잘 안 보였기 때문에 나중에는 마루에 나가 앉아서 정성스럽게 읽었다. 초가을 바람이 파초 잎을 흔들고 살갗을 스치고 지나가서 들고 있던 편지지가 마당 쪽으로 나부꼈다. 다 읽어 갈 무렵에는 120센티미터 남짓한 두루마리 편지가 팔락팔락 소리를 내며 흔들렸고 손을 놓으면 저쪽 울타리까지 날아갈 것 같았다. 기요의 편지 내용은 대충 이렇다.

'도련님은 대쪽 같은 성품이지만 단지 화를 너무 잘 내기 때문에 그게 염려가 된다. 다른 사람한테 함부로 별명 같은 걸 붙이면 미움 받게 되니까 무턱대고 쓰면 안 된다. 만일 별명으로 부르더라도 자기한테만 편지로 이야기해라. 시골 사람들은 사람이 나쁘다고 하니까 조심해서 봉변을 당하지 않도록 해라. 날씨도 분명 도쿄보다는 변덕스러울 테니까, 잘 때 이불을 잘 덮지 않으면 감기 든다. 도련님 편지는 너무 짧아서 그쪽 사정을 잘 모르겠으니까 다음에는 적어도 이 편지의 절반 정도는 되도록 써 달라. 여관에 팁을 5엔 주는 것은 괜찮지만 나중에 곤란하지는 않을지. 그 먼 곳에서 의지가 되는 것은 돈뿐이니까, 될 수 있는 대로 절약해서 만일의 경우에 대비해야 한다. 용돈이 없어서 곤란할지도 모르니 우편환으로 10엔 부친다. 전번에 도련님한테 받은 50엔을 나중에 도련님이 도쿄에 돌아와서 집을 장만할 때 보태려고 우체국에 저금해 두었는데, 10엔을 꺼내도 아직 40엔이 있으니까 충분하다.'

정말이지 여자란 섬세하기도 하다.

내가 마루 끝에서 기요의 편지를 펄럭거리면서 생각에 잠겨 있는데, 칸막이 문을 열고 할머니가 저녁상을 들고 들어왔다. "아직도 읽고 있는 거유? 어지간히 긴 편지네유." 하고 말하기에, "예, 소중한 편지라서 바람에 날리면서 보고, 또 날리면서 보고 합니다." 하고 스스로도 알 수 없는 대답을 하고 밥상 앞에 앉았다. 밥상을 보니까 오늘 저녁도 고구마조림이다. 이 집은 예전 하숙집보다 공손하고 친절하고 품위도 있지만, 안타깝게도 음식이 맛이 없다. 어제도 고구마, 그저께도 고구마, 오늘 저녁도 고구마다. 내가 고구마를 좋아한다고 분명히 말한 것은 틀림없는 사실이지만, 이렇게 끼니마다 고구마만 먹어서는 목숨을 잇기가 어렵다. 끝물 군을 비웃기는커녕, 내 자신이 머지않아 고구마 끝물 선생이 되어 버릴 것이다. 기요라면 이런 때, 내가 좋아하는 다랑어 회나 간장을 발라 구운 어묵을 먹었을 텐데. 가난뱅이 무사 집안에 구두쇠니까 어쩔 수 없다. 아무리 생각해도 기요와 함께 있지 않으면 안 되겠다. 만일 저 학교에 오래 있을 것 같으면 도쿄에서 기요를 데려와야겠다. 튀김국수도 안 된다. 경단도 안 된다. 그 결과 하숙집에서 주는 고구마만 먹고 누렇게 뜬 채 살아가야 하다니, 교육자란 참으로 괴로운 것이구나. 스님들의 입이라 해도 이보다는 더 호강을 할 것이다. 나는 고구마 한 접시를 먹어 버리고 책상 서랍에서 날달걀 두 개를 꺼내 찻잔 모서리에 두드려 깨뜨려 먹고는 간신히 견뎠다. 날달걀으로라도 영양을 섭취하지 않고서는 일주일에 21시간의 수업을 어떻게 할 수 있단 말인가?

오늘은 기요의 편지 때문에 온천에 갈 시간이 늦어졌다. 그러나 매일같이 다니던 것을 하루라도 거르면 기분이 영 좋지 않다. 기차라도 타고 가려고 여느 때와 같이 그 빨간 수건을 늘어뜨리고 정거장에 와 보니 2, 3분 전에 기차가 막 떠나 버려서 조금 기다려야 했다. 벤치에 걸터앉아 담배를 피우고 있는데 뜻밖에 끝물 군이 왔다. 하숙집 할머니한테 이야기를 듣고 난 다음부터는 끝물 군이 더 가엾게 생각되었다. 평소에도 하늘과 땅 사이에 얹혀서 사는 것처럼 위축되어 있는 것이 무척 가엾게 보였는데, 오늘 밤은 가엾게 여겨지는 정도가 아니다. 할 수만 있다면 월급을 배로 올려 주고, 도야마의 아가씨와 내일 당장 결혼시켜서 한 달쯤 도쿄에 신혼여행이라도 보내 주고 싶은 마음이 간절했다. 이런 마음 때문에 "어이구, 온천에 가십니까? 자, 이리 앉으십시오." 하고 선뜻 자리를 양보했다. 그러나 끝물 군은 황송하다는 태도로 괜찮다며 그대로 서 있었다. "한참 더 기다려야 합니다. 고단할 테니까 앉으시지요." 하고 또 권해 보았다. 사실은 어떻게든 옆에 앉아 주었으면 싶을 정도로 딱했다. "그럼 실례하겠습니다." 하고 겨우 내 말을 들어주었다. 세상에는 알랑쇠같이 건방지고, 나타나지 않아도 될 자리에 반드시 얼굴을 내미는 놈도 있다. 거센 바람처럼 자신이 없으면 마치 우리나라가 곤란해질 거라는 듯한 얼굴을 어깨 위에 올려놓고 있는 놈도 있다. 그런가 하면, 빨간 셔츠처럼 머릿기름을 잔뜩 바르고 여자를 좋아하는 남자임을 당당히 드러내는 녀석도 있다. 교육이 살아서 프록코트[*]를 입으면 그게 바로 자신이라고 말할 듯한 너구리도 있다. 모두 다 제각각 으스대고 있지만, 이 끝물 선생처럼 있어도 없는 것 같고 볼모로 잡혀 온 인형처럼 얌전하게 있는 사람은 본 적이 없다. 얼굴은 부어 있지만 이런 괜찮은 남자를 버리고 빨간 셔츠 쪽으로 돌아서다니,

---

✤ **프록코트** : 무릎까지 내려오는 자켓

마돈나도 어지간히 이해하기 힘든 아가씨다. 몇 다스의 빨간 셔츠를 모아 놓아도, 이 사람만큼 훌륭한 남편은 되지 못할 것이다.

"선생님 어디 편찮으신 거 아닙니까? 무척 피곤해 보이는데."

"아뇨, 별로 이렇다 할 병은 없습니다만……."

"그거 다행입니다. 몸이 안 좋으면 사람 구실을 못하니까요."

"선생님은 무척 건강하신 것 같군요."

"네. 마르긴 했어도 병에 걸리지는 않습니다. 아픈 건 싫으니까요."

끝물 군은 내 말을 듣고 싱긋 웃었다.

바로 그때, 입구에서 젊은 여자의 웃음소리가 들려와서 무심코 돌아다보았더니 대단한 미인이 있었다. 살결이 희고, 서양풍 머리를 한 키가 큰 미인이 마흔 대여섯 되어 보이는 부인과 나란히 매표소의 창 앞에 서 있었다. 나는 미인의 생김새를 자세히 표현할 수 있는 남자는 못 되기 때문에 긴 말을 할 수는 없으나, 정말 대단한 미인인 건 분명했다. 나이 든 사람 쪽은 키가 작았지만 얼굴이 서로 많이 닮은 걸로 보아 어머니와 딸인 것 같았다. 나는 끝물 군은 완전히 잊어버리고 '이야, 굉장하구나.' 하며 젊은 여자 쪽에만 빠져 있었다. 그런데 끝물 군이 갑자기 자리에서 일어나서 여자 쪽으로 천천히 걸어가는 게 아닌가. 혹시 저 아가씨가 그 마돈나인가? 마주선 세 사람은 매표소 앞에서 가볍게 인사를 했다. 멀어서 무슨 말을 하는지는 들리지 않았다.

정거장 시계를 보니 이제 5분 뒤면 차가 출발할 시간이었다. '빨리 기차가 오면 좋을 텐데.' 하며 이야기 상대가 없어진 지루함을 견디고 있던 차에, 또 한 사람이 황급히 정거장 안으로 뛰어 들어왔다. 빨간 셔츠였다. 뭔가 하늘하늘해 보이는 옷에다가 주름 잡힌 허리띠를 헐렁하게 동여매고 여느 때와 같이 금시계 줄을 차고 있었다. 아마도 저 금줄은 가짜일 것이다. 빨간 셔츠는 아무도 모르는 줄 알고 과시하고 있지만, 나는 다 알고 있다. 빨간 셔츠는 뛰어 들어온 채로 뭔가 두리번거리더니, 매표소 앞에서 이야기를 하고 있던 세 사람한테 정중하게 인사를 했다. 세 마디쯤 이야기를 나누는가 싶더니, 갑자기 이쪽을 향해서 여느 때처럼 고양이 걸음으로 걸어왔다.

"야, 자네도 온천에 가나? 기차를 놓칠세라 걱정이 되어 급히 왔더니, 아직 3,4분 남아 있군. 저 시계는 확실한지 몰라."

그러더니 자기의 금시계를 꺼내서 2분쯤 틀리다고 말하면서 내 곁에 걸터앉았다. 여자 쪽은 조금도 쳐다보지 않고 지상이 위에 턱을 받치고 정면만 바라보았다. 나이 든 부인은 이따금 빨간 셔츠를 쳐다보았지만 젊은 아가씨는 고개를 옆으로 돌린 채 있있다. 이건 틀림없는 마돈나다.

이윽고 뚜 하고 기적을 울리며 기차가 들어왔다. 기다리고 있던 사람들은 앞다투어 기차에 올라탔다. 빨간 셔츠는 제일 먼저 일등석에 올랐다. 일등석을 탔다고 우쭐될 처지는 아니다. 온천이 있는 스미다까지 일등석이 5전이고 이등석이 3전이니까, 겨우 2전 차이로 일등석과 이등석이 나누어진다. 이런 나조차도 일등석 하얀 표를 끊어서 쥐고 있는 것만 봐도 알 수 있다. 하지만 원래 인색한 시골 사람들은 단돈 2전 가지고도 벌벌 떨며 대부분 이등석을 탄다. 빨간 셔츠 뒤를 따라 마돈나와 그녀의 어머니가 들어갔다. 끝물 군은 판에 박은 듯이 늘 이등석만 타는 사람이다. 그는 이등석 객실 입구에 서서 왠지 주저하는 모습이었으나, 내 얼굴을 보자마자 단숨에 들어가 버렸다. 이때 왠지 끝물 군이 못 견디게 가여운 생각이 들어 끝물 군 뒤를 따라 같은 객실로 들어갔다. 일등석 표로 이등석을 타는 데야 문제는 없겠지.

온천에 도착해 3층에서 유카타⁺로 갈아입고 탕에 내려가니 거기에 끝물 군이 있었다. 나는 회의 같은 데서는 막상 말하려고 하면 목구멍이 막혀서 말을 못 하는 사람이지만, 평소에는 상당히 떠들어대는 편이라 탕 안에서 끝물 군에게 이런저런 말을 걸어 보았다. 왠지 가여워서 견딜 수가 없었다. 이런 때 말 한마디라도 상대방에게 위로를 건네는 것이 도쿄 토박이의 의무라고 생각했다. 그런데 공교롭게도 끝물 군은 쉽사리 이쪽 기분에 맞춰 주지를 않았다. 무슨 말을 해도 "네." 아니면 "아니요." 뿐이었다. 게다가 그 "네."와 "아니요."

⁺ 유카타 : 일본에서 평상복으로 입는 전통 의상

도 몹시 성가시게 여기는 것 같아서 나중에는 말도 걸지 않았다.

온천 안에서는 빨간 셔츠를 보지 못했다. 하긴 욕탕이 많으니까 같은 기차로 도착해도 같은 탕에서 만난다고는 할 수 없다. 별로 이상하게 생각하지도 않았다. 목욕을 마치고 나오니 달이 밝았다. 거리 양쪽에 버드나무가 심어져 있어서 버드나무 가지가 둥근 그림자를 길 한가운데에 떨어뜨리고 있었다. 잠깐 산책이라도 할까, 하고 북쪽으로 올라가서 마을 외곽까지 가 보았다. 왼쪽으로는 큰 문이 있고 문을 들어서면 막다른 곳에 절이 있고, 양쪽으로는 유곽이 있다. 절이 있는 문 옆으로 유곽이 있다니, 전대미문의 풍경이다. 잠깐 들어가 보고 싶지만, 회의 때 또 너구리한테 지적당할지도 모르니까 단념하고 지나쳐 버렸다. 문에 가지런히 검정 발을 드리운 조그만 격자창의 단층집은 내가 경단을 먹었다가 출입을 금지당한 집이다. 둥근 초롱에 "단팥죽", "떡국"이라고 쓴 것이 매달려 있고, 초롱불이 처마 끝 가까이에 있는 버드나무 줄기를 비추고 있었다. 먹고 싶은 생각이 간절했지만 간신히 참고 지나쳤다.

먹고 싶은 경단을 먹을 수 없는 것은 참으로 답답한 일이다. 그렇지만 약혼녀가 다른 남자에게 가 버린 것은 더 답답할 것이다. 끝물 군의 일을 생각하면, 경단은 고사하고 사흘쯤 굶는다 해도 불평을 할 수 없다. 참으로 사람만큼 믿지 못할 것은 없다. 그 얼굴을 보면 도저히 그런 몰인정한 짓을 할 것 같지 않은데 말이다. 아름다운 사람은 몰인정하고, 물에 불은 호박 같은 끝물 군은 선량한 군자라 마음을 놓을 수가 없다. 담백하다고 생각했던 거센 바람은 학생을 선동했다고 하고, 선동했나 했더니 또 교장한테 학생의 처벌을 요구하고. 밉상인 빨간 셔츠가 의외로 친절해서 내게 넌지시 충고를 해 주는가 하면, 마돈나를 꾀어 내기도 한다. 또 꾀어 냈는가 싶더니 그가 쪽에서 파혼을 안 한다면 결혼은 바라지 않는다고 하고. 예전 하숙집에서는 트집을 잡아 나를 내쫓는가 하면, 내쫓는 즉시 알랑쇠를 받아들인다. 아무리 생각해도 믿을 수 있는 게 없다. 이런 일을 기요한테 적어 보내면 분명 놀랄 것이다. 도쿄에서 멀리 떨어져 있는 곳이니까 도깨비들이 모여 사는 것 아니냐고 할지도 모른다.

나는 본래가 자질구레한 것까지 신경 쓰지 않는 성격이라서 어떤 일이건 걱정하지 않고 오늘까지 살아왔지만, 이곳에 온 지 아직 한 달이 될까 말까 하는 동안에 갑자기 세상사가 만만치 않게 생각되었다. 별로 두드러진 큰 사건을 겪은 것은 아니지만 대여섯은 나이를 더 먹은 것 같은 생각이 든다. 빨리 정리하고 도쿄로 돌아가는 것이 가장 좋을지도 모르겠다. 계속 이런저런 생각을 하다 보니, 어느 틈에 돌다리를 건너 둑으로 나왔다. 강이라고 하면 그럴듯할 것 같지만 사실은 한 간✝쯤 되는 졸졸 흐르는 개울이다. 둑을 따라 12정✝쯤 내려가면 마을이 나온다.

온천 거리를 돌아보니, 빨간 등불이 달빛 속에서 반짝이고 있다.

북소리가 나는 곳은 분명 유곽일 것이다. 냇물이 얕기는 얕지만 그 물살이 빨라서 제법 성난 물처럼 마구 번쩍거린다. 어슬렁어슬렁 둑 위를 걸으면서 대략 3정(약 320미터)쯤 왔다고 생각했을 때, 앞쪽에 사람 그림자가 보이기 시작했다. 달빛에 비친 그림자는 둘이다. 온천에 왔다가 마을로 돌아가는 젊은이들인지도 모른다. 하지만 그런 사람치고는 노래도 부르지 않는다. 뜻밖에 조용하다.

앞으로 걸어가자, 내 걸음이 빠른 모양인지 두 사람의 그림자가 점점 더 커진다. 한 사람은 여자인 모양이다. 내 발소리를 들었는지 열 발자국쯤 되는 거리까지 다가갔을 때 남자가 갑자기 휙 돌아보았다. 달은 뒤에서 비추고 있었다. 나는 남자를 보고 혹시나 하고 생각했다. 남자와 여자가 다시 걷기 시작했다. 그때 문득 어떤 생각이 들어 갑자기 전속력으로 뒤쫓았다. 저쪽은 아무런 눈치도 못 채고 처음과 같이 느릿느릿 걸음을 옮기고 있었다. 이제는 이야기 소리도 분명하게 들렸다. 둑의 폭이 좁아서 나란히 걸으면 겨우 3명이 걸을 수 있었다. 나는 힘들이지 않고 뒤에서 따라와서 남자의 소매를 스치고 지나갔다. 그리고 지나는 순간, 두 걸음 앞으로 내밀었던 발길을 휙 돌려서 남자의 얼굴을 바라보았다. 달은 정면에서

✛ 간 : 1간은 여섯 자로, 약 1.8미터이다
✛ 정 : 1정은 1간의 60배로, 약 110미터. 12정은 약 1.3킬로미터이다

짧게 깎은 머리부터 턱 언저리까지 나를 환하게 비추었다. 남자는 "앗!" 하고 나지막한 소리를 냈지만, 갑자기 고개를 돌리며 "그만 돌아갑시다." 하고 여자를 재촉하기가 무섭게 온천 거리 쪽으로 사라졌다.

　빨간 셔츠가 뻔뻔스럽게 속일 셈이었는지 소심해서 아는 체를 못했는지, 동네가 좁아져서 곤란한 것은 나뿐만이 아닌 것 같았다.

8

　빨간 셔츠의 권유로 낚시하러 갔다가 돌아온 다음부터 거센 바람을 의심하기 시작했다. 있지도 않은 일을 핑계로 하숙집을 나가라는 소리를 들었을 때는 정말 괘씸한 놈이라고 생각했다. 그런데 회의 때는 뜻밖에도 당당하게 학생 처벌을 주장했기 때문에 "이건 이상한데?" 하며 고개를 갸웃거렸다. 하숙집 할머니로부터 거센 바람이 끝물 군을 위해서 빨간 셔츠와 담판을 했다는 이야기를 늘었을 때는 칭찬할 만한 일이라고 손뼉을 쳤다. 이런 상황으로 봐서는 거센 바람이 나쁜 놈은 아닐 것 같았다. 빨간 셔츠가 틀려먹은 놈이다. 근거도 없는 그릇된 추측을 사실인 것처럼, 그것도 넌지시 내 머릿속으로 스며들게 한 것은 아닐까 하고 의심하고 있던 참에, 온천 근처 둑에서 마돈나랑 산책하고 있는 모습을 보았기 때문에 그 뒤로는 빨간 셔츠가 수상한 놈이라고 단정 지어 버렸다. 수상한 놈인지 어떤 놈인지 확실히는 모르지만 하여간 좋은 남자는 아니다. 겉과 속이 다른 놈이다. 사람이란 대쪽같이 곧지 않으면 믿음이 가질 않는다. 곧은 사람하고는 싸움을 해도 기분이 좋다. 빨간 셔츠처럼 상냥하고 친절하고 고상하며, 호박 파이프를 자랑하듯 과시하는 사람은 마음을 놓을 수가 없다. 여간해서는 싸움도 되지 않는다. 싸움을 한다 해도 정정당당하게 겨루는 씨름 같은 기분 좋은 싸움은 할 수 없다. 그렇게 생각하면 1전 5리 때문에 말다툼을 벌여 교무실 전체를 놀라게 한 거센 바람이 훨씬 인간답다. 회의 때 올빼미 같은 눈을 굴리며 나를 흘겨봤을 때는 미운 놈이라고 생각했지만, 나중에 생각하니 그것도 끈적끈적하고 간살스럽게 들리는 빨간 셔츠의 목소리보다는 낫다. 사실은 그 회의가 끝난 다음 웬만하면 화해를 해 볼까 하고, 한두 마디 말을 건네 보았다. 하지만 녀석은 대답도 하지 않고 계속 눈을 부라리기에 나도 화가 나서 그대로 내버려 두었다.

그 뒤로 거센 바람과는 말을 섞지 않았다. 책상 위에는 돌려준 1전 5리가 아직도 놓여 있었다. 먼지투성이가 되어 있었다. 나는 물론 손을 댈 수 없다. 거센 바람도 절대로 가져가지는 않는다. 이 1전 5리가 두 사람 사이에 장벽이 되어서 나는 이야기를 하고 싶어도 할 수가 없었다. 거센 바람은 완강하게 침묵을 지키고 있다. 나와 거센 바람에게는 1전 5리가 화근이 되었다. 나중에는 학교에 나가서 1전 5리를 보는 것이 고통스러워졌다.

거센 바람과 나는 절교 상태가 지속된 반면, 빨간 셔츠와 나는 여전히 예전 그대로의 관계를 유지하고 있었다. 둑에서 만난 다음 날에는 학교에 나오자마자 내 옆에 와서 이번 하숙은 괜찮냐는 둥, 또 함께 러시아 문학을 낚으러 가지 않겠냐는 둥 이런저런 말을 붙여 왔다. 나는 약간 얄미워서 "어제저녁에는 두 번 만났지요?"라고 했더니, "네, 정거장에서. 선생은 언제나 그맘때 가나요? 너무 늦지 않아요?" 하고 묻는다. "둑에서도 뵈었지요." 하고 한 방 먹여 주었더니, "아니, 나는 그쪽에는 안 갔는데요. 온천에 갔다 곧바로 돌아왔는데." 하고 대답했다. 뭐 그리 숨길 필요도 없지 않은가. 실제로 만나 놓고는 능숙하게 거짓말을 하고 있다. 이러고도 중학교 교감이 될 수 있다면, 나 같은 사람은 대학 총장도 될 수 있을 것이다. 나는 이때부터 더욱 더 빨간 셔츠를 믿지 못하게 되었다. 믿지 않는 빨간 셔츠하고는 말을 하면서, 행동에 감탄하고 있는 거센 바람하고는 말을 하지 않고 있다니, 세상일은 참 묘하다.

어느 날, 빨간 셔츠가 "잠깐 선생한테 할 말이 있으니까 우리 집까지 와 주세요." 하기에, 아쉽기는 하지만 온천에 가지 않고 4시쯤 가 보았다. 빨간 셔츠는 미혼이지만 교감인 만큼, 하숙은 훨씬 전에 정리하고 멋진 현관이 딸린 집에서 살고 있었다. 집세는 9엔 50전이라고 했다. 시골에 와서 9엔 50전만 내면 이런 집에 살 수 있구나. 나도 한번 큰맘 먹고 도쿄에서 기요를 불러다가 기쁘게 해 주고 싶은 생각이 들 만큼의 현관이었다.

"계십니까?" 했더니, 빨간 셔츠의 남동생이 나와서 맞아 주었다. 이 남동생은 학교에서 나에게 수학을 배우는, 성적이 아주 나쁜 아이다. 그러면서도 도시에서 온 녀석이라서 시골 토박이들보다 질이 더 나빴다.

빨간 셔츠를 만나 용건을 물어보았더니, 바로 그 호박 파이프로 노린내 나는 담배를 피우면서 말을 했다. "선생이 온 다음부터 전임자 때보다 성적이 많이 올랐어요. 교장 선생님도 아주 좋은 선생을 구했다고 기뻐하고 있고, 아무쪼록 학교에서도 신뢰하고 있으니까 그리 알고 노력해 주세요."

"네에. 그렇습니까? 그런데 노력이라니, 지금보다 더는 노력할 수 없는데요."

"지금만큼만 하면 충분해요. 다만 저번에 이야기한 것 말이에요, 그 말만 잊지 않고 있어 주면 돼요."

"하숙 소개 따위나 하는 사람은 위험하다는 것 말입니까?"

"그렇게 대놓고 말하면 좀 그렇지만, 뭐 상관없어요. 마음은 선생에게도 잘 통했을 거라고 생각하니까. 그래서 선생이 지금처럼 열심히 해 준다면 학교 측에서도 지켜보고 있으니까. 조금 더 있다가 사정만 허락되면 대우에 대한 것도 조금은 어떻게든 될 거라고 생각하는데."

"네. 봉급 말씀이십니까? 봉급 같은 거야 아무래도 좋습니다만, 오른다면 오르는 것이 좋지요."

"그래서 다행히 이번에 전근 갈 사람이 나오기 때문에, 교장과 상의해 보지 않고서는 물론 장담할 수는 없는 일이기는 하지만, 그 봉급에서 조금은 융통할 수 있을지도 모르니, 그렇게 되도록 교장 선생님께 이야기해 보려고 하는데요."

"대단히 감사합니다. 누가 전근을 갑니까?"

"곧 발표가 날 테니 말해도 되겠지요. 실은, 고가 군이에요."

"고가 씨는 이 고장 사람이 아닙니까?"

"여기 사람이지만 좀 사정이 있어서. 반은 본인의 희망이에요."

"어디로 갑니까?"

"휴가의 노베오카예요. 동네가 동네인 만큼 한 호봉 올려서 가기로 했다고 하네요."

"누군가 후임자가 옵니까?"

"후임도 거의 정해졌어요. 그 후임 사정에 따라서 선생 대우 문제도 조정이 될 거예요."

"네. 좋습니다. 그렇지만 무리하게 올려 주지 않아도 괜찮습니다."

"어쨌든 나는 교장에게 이야기할 생각이에요. 그리고 교장 선생님도 같은 의견 같은데, 앞으로는 선생에게 더 일해 달라고 할지도 모르니까, 아무쪼록 지금부터 그런 각오로 일을 해 주었으면 좋겠네요."

"수업 시간이라도 늘어나는 겁니까?"

"아니, 시간은 지금보다 줄지도 모르지만."

"시간이 줄어드는데 일은 더 한단 말입니까? 이상한데요."

"얼핏 들어서는 이상하겠지만…… 확실하게는 말하기 어렵지만…… 글쎄…… 결국 말하자면 선생한테 더 중대한 책임이 주어질지도 모른다는 뜻이에요."

통 모르겠다. 지금보다 중대한 책임이라면 수학 주임이겠지만, 주임은 거센 바람이다. 녀석은 좀처럼 그만둘 기미는 없다. 게다가 학생들에게 인기가 많으니까 전근이나 파면은 학교로서도 득이 아닐 것이다. 빨간 셔츠와의 대화는 언제든지 알 수 없는 말뿐이다. 알 수 없는 말뿐이지만 용건은 그렇게 끝났다. 그리고 잠시 잡담을 하고 있는 동안에 끝물 군의 송별회를 하는 일이라든가, 내가 술을 마시느냐는 질문이라든가, 끝물 선생은 군자로서 사랑하고 공경해야 할 만한 사람이라는 이야기라든가, 빨간 셔츠는 이런저런 이야기를 했다. 마지막에는 화제를 바꾸어서 "선생, 하이쿠를 하나요?" 하기에 '이거, 참 큰일 났구나.' 하고 "하이쿠는 못합니다. 안녕히 계십시오." 하고는 부랴부랴 돌아와 버렸다.

돌아와서 곰곰이 생각했다. 세상에는 어지간히 속을 알 수 없는 사람들이 있다. 집은 물론이고, 근무하는 학교도, 부족함이 없는 고향도 싫어졌다고 낯선 타향으로 고생을 찾아 떠난다. 그것도 화려한 도시의, 전철이 다니는 곳이라면 또 모르지만, 휴가의 노베오카라니 이건 무슨 말인가. 나는 뱃길이 좋은 이 고장에 왔는데도, 한 달도 채 되기 전에 벌써 돌아가고 싶어졌다. 노베오카라면 산골 중에서도 산골, 이만저만한 산골이 아니다. 빨간 셔츠의 말에 따르면 배에서 내려 하루 종일 마차를 타고 미야자키로 가서, 미야자키에서 또 하루 차를 타고 가야 하는 곳이라고 한다. 이름을 듣기만 해도 개발된 곳이라고는 생각되지 않는다. 원숭이와 사람이 절반씩 살고 있을 것 같다. 아무리 성인인 끝물 군이라도 좋아서 원숭이랑 살고 싶지는 않을 텐데, 이 무슨 별난 취미란 말인가.

그때, 평소와 마찬가지로 할머니가 저녁상을 가지고 왔다. "오늘도 또 고구마입니까?" 하고 물었더니, "아니지유, 오늘은 두부유."라고 말했다. 그게 그거다.

"할머니, 고가 씨는 휴가로 전근을 간다지요?"

"참말이지, 가엾구먼유."

"가엾더라도 좋아서 가는 거라면 하는 수 없죠."

"좋아서 간다구유? 누가 그래유?"

"누가 그러다니, 본인이지요. 고가 선생이 좋아서 가는 게 아닙니까?"

"그건 선생님, 그건 말도 안 되는 착각이지유."

"말도 안 되는 착각이라고요? 그렇지만 방금 빨간 셔츠가 그렇게 말하던데요. 그게 착각이라면 빨간 셔츠는 거짓말쟁이에 허풍쟁이겠네요."

"교감 선생님이 그렇게 말씀하시는 것도 당연하지만, 고가 선생이 가고 싶어 하지 않는 것도 사실이지유."

"그렇다면 양쪽이 다 옳다는 말이죠. 할머니는 공평해서 좋아요. 대체 어찌된 일입니까."

"오늘 아침에 고가 선생 어머니가 오셔서 자세한 사정을 말씀하셨지유."

"어떤 사정을 말씀하셨나요?"

"그 댁 아버지가 세상 떠난 뒤로, 우리들이 생각하는 것 이상으로 살림이 넉넉하지 못해서 곤란한 모양이유. 그래서 어머니가 교장 선생님한테 부탁해서 아무쪼록 다달이 받는 것을 좀 더 올려 달라고 했다는디유. 벌써 4년이나 다니고 있으니까유, 선생님."

"그렇군요."

"교장 선생님이 잘 알았으니 생각해 보겠다고 말씀하셨다는디유. 그래서 어머니도 안심하고, 머지않아 승급 소식이 있겠지 하고 이제

나저제나 학수고대하고 있던 참에, 교장 선생님이 좀 와 달라고 고가 선생을 불러 가 봤더니, 안됐지만 학교는 돈이 부족해서 월급을 올려 줄 형편이 못 된다고 하드래유. 그러나 노베오카라면 빈자리가 있어서, 거기라면 매달 5엔씩 더 받을 수 있으니까 그곳으로 가는 것이 좋겠다고 했대유. 이미 그렇게 처리를 했으니까 갔으면 한다구유."

"그건 의논이 아니라 통보가 아닙니까."

"그렇지유. 고가 선생은 '다른 고장으로 가서 월급이 오르는 것보다 원래대로 받아도 좋으니까 여기 있고 싶다, 집도 있고 어머니도 계시니까.' 하고 부탁을 했는데도 이미 그렇게 정한 다음이라 고가 선생 후임도 결정돼 있어 어쩔 수 없다고 교장 선생님이 말씀하셨다지유."

"흥, 사람을 바보로 취급하다니 웃기지도 않는 얘기군. 그럼 고가 선생은 갈 생각이 없군요. 그래 어쩐지 이상하더라니. 5엔씀 올랐나고 해서 그런 산골로 원숭이 상대를 하러 갈 벽창호는 아마 없을 테니까요."

"벽창호라니, 선생님 그게 뭐지유?"

"아무럼 어때요. 그렇다면 순전히 빨간 셔츠의 계략이로군요. 좋지 못한 짓인데. 비겁한 행동이지 뭡니까. 그걸로 내 월급을 올리다니, 그런 고약한 일이 어디 있단 말이야. 올려 준다고 한들 누가 그

걸 받을 줄 알고?"

"선생님은 월급이 오르나유?"

"올려 준다고 했지만 거절할 생각입니다."

"왜 거절을 하는가유?"

"아무튼 거절할 거예요. 할머니, 그 빨간 셔츠는 바보예요. 비겁하다니깐요."

"비겁해도 선생님, 월급을 올려 주면 순순히 받아 두는 것이 이익 아닐까유? 젊었을 때는 화도 잘 나는 법이지만, 나이를 먹고 나서 생각해 보면 조금 더 참았더라면 좋았을 걸 괜한 짓을 했다. 화를 내서 이런 손해를 봤다고 후회하는 게 보통이지유. 늙은이가 말한 거 듣고, 빨간 셔츠가 월급을 올려 준다고 하면 '고맙습니다.' 하고 받아 두세유."

"쓸데없는 참견은 마세요. 월급이 오르든 말든 내 일이죠."

할머니는 잠자코 물러갔다. 영감님은 한가한 목소리를 내며 우타이라는 노래를 불렀다. 우타이라는 것은 읽으면 알 수 있는 것을 괜스레 어려운 가락을 붙여서, 일부러 못 알아듣게 하는 재주인가 보다. 저런 것을 매일 밤 물리지도 않고 흥얼거리는 영감님의 속을 모르겠다. 지금 내가 우타이 같은 것을 생각할 때가 아니다. 월급을 올려 주겠다고 하기에, 별로 생각도 없었지만 어차피 남는 돈이기에 좋다고 승낙한 것이다. 그런데 전근을 하고 싶지 않은 사람을 억지로 전근시키고 그 사람의 월급에서 떼어 준다니, 그런 몰인정한 짓을 할 수 있단 말인가. 당사자가 예전 그대로라도 좋다는데 노베오카 그 산골까지 내몰다니, 도대체 무슨 생각인지 모르겠다. 어쨌든 빨간 셔츠 집에 가서 거절하고 오지 않으면 마음이 홀가분하지 않을 것이다.

두꺼운 하카마✛를 입고 나섰다. 커다란 현관에 우두커니 서서 "계십니까?" 했더니, 또 그 동생이 나왔다. 내 얼굴을 보고 또 왔나 하는 눈치였다. 일이 있으면 두 번이든 세 번이든 온다. 한밤중이라도 두드려 깨울 수도 있다. 교감한테 문안드리러 온 것으로 알고 있지는 않겠지. 이래 봬도 월급이 필요 없어서 돌려주러 온 것이다. 남동생이 지금 손님이 계시다고 하기에, 현관에서라도 좋으니까 잠깐 뵈었으면 좋겠다고 했다. 빨간 셔츠 동생이 안으로 들어갔다. 발밑을 보니 다다미로 바닥을 얇게 댄 남자용 나막신이 있다. 안에서는 "이제는 만세군요."라는 소리가 들린다. '손님이 바로 알랑쇠구나.' 하고 눈치 챘다. 알랑쇠가 아니고서야 저런 간지러운 소리를 내고, 이런 광대 같은 나막신을 신을 사람은 없다.

잠시 후에, 빨간 셔츠가 등을 들고 현관까지 나왔다. "어서 올라오세요. 다른 사람이 아니라 요시카와 군이에요." 하고 말하기에,

---

✛ **하카마** : 남자들이 입던 일본 전통 바지

"아니 여기서도 좋습니다. 잠깐 얘기하면 되니까요." 하고 빨간 서츠의 얼굴을 보니 홍당무 같다. 알랑쇠와 한잔하고 있는 모양이다.

"아까 제 월급을 올려 준다고 말씀하셨는데, 생각이 조금 달라졌기에 사양하러 온 것입니다."

빨간 서츠는 등을 앞으로 내밀고 안쪽에서 내 얼굴을 바라보더니, 순간 대답할 말이 없는지 멍하니 있다. 월급 인상을 거절하는 녀석이 세상에 한 놈 나타난 것을 이상하게 생각한 것인지, 거절한다고 하더라도 지금 막 돌아갔다가 금방 다시 온 것이 어처구니가 없는지, 혹은 이 두 가지 모두 때문인지 이상한 입 모양을 하고 우두커니 선 채로 있다.

"그때 승낙한 것은 고가 군이 자신이 원해서 전근하는 것이라고 들었기에……."

"고가 군은 순전히 반은 자기가 원해서 전근하는 거예요."

"그렇지 않습니다. 여기 있고 싶어 합니다. 원래 봉급대로라도 좋으니까, 고향에 있고 싶어 합니다."

"고가 군한테서 들었나요?"

"본인한테서 들은 것은 아닙니다."

"그럼 누구한테 들었나요?"

"제 하숙집 할머니가 고가 선생의 어머니에게 들은 것을, 오늘 저한테 얘기한 것입니다."

"그럼 하숙집 할머니가 말한 거군요."

"말하자면 그렇습니다."

"실례지만 그것은 사실과 조금 달라요. 선생 말대로라면 하숙집 할머니가 한 말은 믿지만, 교감이 말한 건 믿을 수 없다는 말처럼 들리는데 그런 뜻으로 해석해도 되겠어요?"

나는 조금 난처했다. 문학사니 하는 것들은 역시 대단한 사람이다. 이상한 점을 꼬투리 잡아서 끈질기게 대든다. 나는 가끔 아버지한테서 "너는 경솔해서 못쓰겠다." 하는 소리를 들었는데, 정말이지 좀 경솔한 것 같다. 할머니 얘기를 듣고 문득 생각나서 뛰어나왔지만, 사실은 끝물 군과도 끝물 군 어머니와도 만나서 자세한 사정은 물어 보지 않았다. 그러니까 이렇게 문학사처럼 따지고 들면 대답하기가 쉽지 않다.

정면으로는 받아넘기기 힘들지만, 나는 벌써 빨간 셔츠에 대해서 믿지 않기로 마음속으로 성해 버렸다. 하숙집 힐미니도 인색하고 욕심쟁이인 것은 틀림없지만 거짓말은 안 하는 여자다. 빨산 셔츠처럼 겉 다르고 속 다르고 하지는 않다. 나는 할 수 없이 이렇게 대답했다.

"선생님이 말한 것은 정말인지 모르겠습니다만, 아무튼 월급 인상은 거절하겠습니다."

"점점 더 이상하네요. 지금 선생이 일부러 온 것은 월급을 차마 더 받을 수 없는 까닭을 발견한 것처럼 들렸는데, 그 문제가 내 설명으로 해결되었는데도 불구하고 월급 인상을 거부한다는 것은 좀 이해하기 곤란하네요."

"이해하기 곤란할지 모르겠지만, 어쨌든 거절하겠습니다."

"그렇게 싫다면 무리하게 권하지는 않겠지만, 그렇게 2, 3시간 사이에 특별한 이유도 없이 돌변하면 앞으로 선생 신용에 문제가 생깁니다."

"문제가 생겨도 상관없습니다."

"그럴 수는 없을 거예요. 인간에게 신용만큼 중요한 것은 없으니까요. 설령 이제 조금 양보해서 하숙집 주인이……."

"주인이 아니라 할머니입니다."

"어느 쪽이라도 좋아요. 하숙집 할머니가 선생한테 한 얘기가 사실이라고 하더라도, 선생의 월급 인상은 고가 군의 소득을 깎아서 얻는 것은 아니잖아요. 고가 군은 노베오카로 가고 그 후임이 옵니다. 그 후임이 고가 군보다 다소 적은 월급으로 와 주기 때문에 그 나머지를 선생에게 준다는 것이니까, 선생은 아무한테도 미안하게 생각할 필요가 없을 거예요. 고가 군은 노베오카에 지금보다 높은 자리로 가고, 신임자는 처음 약속대로 적게 받기로 하고 오니까요. 그래서 선생이 월급 인상이 된다면 그것만큼 좋은 일은 없다고 생각되는데요. 싫다면 할 수 없지만, 다시 한 번 집에서 잘 생각해 보지 않겠어요?"

나는 머리가 그다지 좋은 편이 아니었기 때문에 다른 때 같으면 상대방이 이렇게 교묘한 연설을 늘어놓으면, '그런가? 그럼 내가 잘못했구나.' 하고 미안해하며 물러났을 테지만, 오늘 밤은 그렇게는 안 된다. 이곳에 온 처음부터 빨간 셔츠는 왠지 마음에 들지 않았다. 도중에 자상한 여자 같은 남자라고 생각을 달리한 적은 있으나 그것이 친절도 아무것도 아닌 것 같아서 이젠 더 싫어졌다. 그러니까 상대방이 아무리 교묘하게 논리적인 말을 늘어놓는다 하더라도, 교감의 지위로 나를 윽박지른다 하더라도, 그런 것은 문제가 되지 않는다. 논리적으로 말을 잘하는 사람이 선량한 사람이란 법은 없다. 말을 잘 못하는 사람이 악한 사람도 아니다. 겉으로는 빨간 셔츠쪽이 번듯하지만 겉모습이 아무리 훌륭하다고 해도 마음까지 사로잡을 수는 없는 노릇. 돈이나 권력이나 논리로 사람의 마음을 살 수 있는 거라면, 고리대금업자나 경찰이나 대학교수가 호감을 가장 많이 얻어야 할 것이다. 사람은 좋고 싫고에 따라 움직인다. 논리적인 걸로 움직이지 않는다.

"선생님 말씀은 맞습니다만, 저는 월급 인상이 싫어졌기 때문에 아무튼 거절합니다. 생각해 봐도 답은 마찬가집니다. 안녕히 계십시오."라고 말을 하고 나왔다. 머리 위에 은하수 한 줄기가 걸려 있었다.

9

끝물 군의 송별회가 있던 날 아침, 학교에 갔더니 거센 바람이 갑자기 장황하게 사과를 했다.

"요전에는 하숙집에서 와서 자네가 난폭해서 곤란하니까 제발 나가게 해 달라고 부탁하기에, 사실인 줄 알고 자네에게 나가 달라고 말했던 것일세. 그런데 나중에 들어 보니 그 녀석이 나쁜 놈이야. 곧잘 가짜 그림에 낙관을 찍어 팔아먹는다고 하니까, 자네 일도 거짓말이었을 거야. 자네한테 족자나 골동품을 팔아서 장사를 할 생각이었는데, 상대를 안 해 줘서 벌이가 안 되니까 그런 말을 꾸며서 속였던 거지. 나는 그 사람을 잘 몰랐기 때문에 자네한테 큰 실례를 했네. 용서하게."

나는 아무 말도 하지 않고, 거센 바람의 책상 위에 있던 1전 5리를 내 지갑 속에 집어넣었다. 거센 바람은 "왜 그걸 도로 가져가는 건 가?" 하고 의아한 듯이 묻기에 "응. 난 자네한테 대접받는 게 싫어서 돌려줄 생각이었지만, 생각해 보니까 역시 대접받는 편이 좋을 것 같 아서 집어넣는 것일세." 하고 설명을 했다. 거센 바람은 큰 소리로 "아하하하." 하고 웃으면서 그러면 왜 좀 더 일찍 집어가지 않았느 냐고 물었다.

"사실은 '가져가야지, 가져가야지' 했었는데 어쩐지 좀 어색해서 그대로 내버려 두었어. 요즈음은 학교에 와서 1전 5리를 보는 것이 고통스러울 만큼 싫었어."

"자네는 상당히 지기 싫어하는 사람이군."

"자네는 꽤 고집쟁이야."

"자네는 어디 출신인가?"

"나는 도쿄 토박이일세."

"오, 도쿄 토박이? 어쩐지 지기 싫어한다 싶었네."

"자네는 어디야?"

"난 아이즈✛야."

"아이즈 출신인가? 어쩐지 고집이 세더군. 오늘 송별회에 갈 생각 인가?"

✛ 아이즈 : 후쿠시마 현 서쪽에 있는 지방

"가고말고. 자네는?"

"나도 물론 가야지. 고가 선생이 떠날 때는, 바닷가까지 배웅을 가려고 생각하고 있을 정도인데."

"송별회는 재미있을 거야. 나가 보자고. 오늘은 실컷 마실 생각이 야."

"실컷 마시게. 나는 안주만 먹고 바로 돌아올 거야. 술 같은 걸 마시는 놈들은 바보일세."

"자네는 또 금세 싸움을 거는군. 누가 도쿄 토박이 아니랄까 봐."

"아무래도 좋아. 그런데 송별회에 가기 전에 우리 집에 잠깐 들르지. 이야기할 게 있어서."

나는 거센 바람을 데리고 하숙집으로 갔다. 끝물 군의 얼굴을 볼 때마다 가여워서 견딜 수가 없었는데, 마침내 끝물 군이 학교를 떠나는 오늘이 되고 보니 할 수만 있다면 내가 대신 가 주었으면 하는 생각이 들 정도였다. 송별회 자리에서 그럴듯한 말이라도 해서 떠나는 자리를 밝혀 주고 싶지만 내 주변머리 없는 말솜씨로는 도저히 안될 일이었다. 그래서 말을 잘하는 거센 바람에게 부탁해 빨간 서츠의 간담을 한번 서늘하게 해 주고 싶다는 생각이 들었던 것이다.

나는 우선 마돈나 사건부터 이야기하기 시작했다. 내가 온천가의 둑 이야기를 하면서 그놈은 바보 자식이라고 했더니, 거센 바람이 말했다.

"자네는 누구한테든 바보라고 하는군. 오늘 학교에서는 나를 바보라고 하지 않았나? 그런데 내가 바보면, 빨간 셔츠는 바보가 아니지. 나는 빨간 셔츠와 같은 부류가 아니거든."

그렇다면 빨간 셔츠는 '쓸개 빠진 얼간이'라고 했더니, 그쪽이 좋겠다며 거센 바람이 크게 맞장구쳤다. 거센 바람이 말을 잘하기는 하지만 이런 말은 나보다 훨씬 더 모른다.

그다음에 월급 인상 사건과 앞으로 나에게 중요한 일을 맡기려 한다고 했던 빨간 셔츠의 이야기를 전해 주었다. 거센 바람은 "흐흥." 하고 콧방귀를 뀌더니 "그럼 나를 자를 생각인가 보군." 하고 말했다. "자를 생각이라니, 그렇다면 자네는 정말 그만두기라도 할 참인가?" 하고 물었더니, "누가 잘린단 말이야, 내가 잘린다면 빨간 셔츠도 함께 그만두게 하겠네." 하고 자신 있게 말했다. 어떻게 그만두게 할 거냐고 물었더니, 거기까지는 아직 생각하고 있지 않다고 했다. 거센 바람도 말은 세게 하지만, 지혜는 그다지 없는 것 같다. 네가 월급 인상을 거절했다고 말했더니, 무척 기뻐하면서 "과연 도쿄 토박이다. 장하네." 하고 칭찬해 주었다.

끝물이 다른 곳에 가기를 바라지 않는데 왜 계속 남도록 힘써 주지 않았냐고 물어보았다. 끝물한테서 이야기를 들었을 때는 이미 결정이 되어 버려서 교장에게 두 번, 빨간 셔츠에게 한 번 가서 이야기를 해 보았지만 어쩔 수 없었다고 한다.

"그렇다 하더라도 고가가 사람이 너무 좋아서 탈이야. 빨간 셔츠한테 전근 이야기를 들었을 때, 단호하게 거절하든지 아니면 한번 생각해 보겠다고 하고 살짝 빠져나가면 될 것을……. 빨간 셔츠의 말솜씨에 넘어가 그 자리에서 허락했기 때문에 나중에 어머니가 울며 애원을 해도, 내가 가서 이야기해도 소용이 없었어."

거센 바람은 몹시 안타까워했다. 이번 사건은 빨간 셔츠가 끝물을 떼어 내고, 마돈나를 손에 넣으려는 계략일 거라고 내가 말했더니, "물론 그럴 걸세. 그 녀석은 점잖은 체하면서 나쁜 짓을 저지르고, 남이 뭐라고 하면 벌써 빠져나갈 구멍을 마련해 놓고 기다리고 있네. 여간 간교한 놈이 아니지. 그런 놈한테는 주먹맛을 보여 주는 것밖에는 방법이 없어." 하며 소매를 걷어 올려 알통이 울퉁불퉁한 팔을 보여 주었다. 나는 "자네 팔은 힘깨나 쓸 것 같은데 유도라도 했나?" 하고 물었다. 그랬더니 팔에 힘을 주고는 만져 보라고 했다. 손가락 끝으로 주물러 보았더니, 마치 목욕탕에 있는 돌 같았다.

"자네, 그 정도의 팔이라면 빨간 셔츠 대여섯 명은 한꺼번에 내동댕이칠 수 있겠는데?"

"물론이지."

거센 바람이 팔을 구부렸다 폈다 하자 알통이 울룩불룩 움직였다. 거센 바람이 말하기를, 노끈을 두 가닥 합쳐서 알통이 나오는 부분에 휘감고 팔을 구부리면 툭 하고 끊어진다고 한다. 노끈이라

면 나도 할 수 있을 것 같다고 했더니 그럼 한번 해 보라고 한다. 혹
시 끊어지지 않으면 창피를 당할 것 같아서 나는 그만두었다.

"자네 어때? 오늘 밤 송별회에서 실컷 마시고 난 다음에 빨간 셔
츠와 알랑쇠에게 한방 먹이지 않겠나?" 하고 농담 삼아 권했다. 거
센 바람은 "글쎄." 하고 한참 생각하고 있다가, 오늘 밤은 그만두자
고 했다. 왜 그러냐고 물었더니, "오늘 밤은 고가한테 가슴 아픈 날
이니까. 그리고 어차피 때릴 거라면, 그놈들이 못된 짓을 하는 장면
을 지켜보고 있다가 현장에서 덮치지 않으면 오히려 당할 수도 있으
니까." 하고 일리 있게 말했다. 거센 바람이 나보다는 생각이 깊다.

"그럼 송별회 때 고가 군을 실컷 칭찬해 주게. 내가 하면 도쿄 토
박이가 나불거리는 것처럼 보여서 영 무게가 없거든. 그렇게 점잖은
자리에 나가면 갑자기 가슴이 막히고 목에 커다란 덩어리가 치밀어
올라와서 말이 안 나온다니까. 자네한테 맡기겠네."

"희한한 병이네. 그럼 자네는 사람늘 앞에서는 말을 잘 못한딘 말
이지? 그것 곤란하겠군." 하고 말하기에, 그리 곤란할 것은 없다고
대답했다.

어느덧 모이기로 한 시간이 되어 거센 바람과 함께 식당으로 갔
다. 식당은 '가신테이'라는 이 고장에서 제일가는 요리점인데, 나는
한 번도 가 본 적이 없었다. 어떤 장관의 집이었던 것을 사들여서 그
대로 개업을 했다고 하는데, 과연 외관부터가 으리으리했다. 장관

의 집이 요릿집이 되다니. 진바오리✟를 잘라서 도기를 만드는 것과 같은 꼴이다.

우리가 도착했을 때는 다른 사람들도 대부분 모여, 다다미 50장 크기의 넓은 방에 두세 개의 무리가 만들어져 있었다. 다다미 50장 크기인 만큼 도코노마도 굉장히 크다. 내가 야마시로야에서 머물던 다다미 15장 크기의 방에 있던 도코노마와는 비교가 안 된다. 재 보았더니 두 간(약 3.6미터)이었다. 오른쪽에 붉은 무늬가 있는 도자기 꽃병을 놓고, 그 속에 커다란 소나무 가지를 꽂아 놓았다. 소나무 가지를 꽂아서 무엇에 쓰려는지는 모르겠지만, 몇 달이 지나도 시들 염려가 없으니 돈이 안 들어서 좋을 것이다. 도코노마 한가운데 커다란 족자가 걸려 있고, 내 얼굴만 한 큰 글씨가 스물여덟 자 쓰여 있다. 정말 서툰 글씨였다. 너무나 서툴러서 한문 선생에게 "어째서 저런 졸필을 보란 듯이 걸어 놓은 겁니까?" 하고 물었더니, 선생이 저 것은 '가이오쿠'라고 유명한 서예가의 글씨라고 가르쳐 주었다. 가이오쿤지 뭔지 나는 아직도 졸필이라고 생각하고 있다.

서기 가와무라가 모두 앉으라고 해서 기둥에 기댈 수 있는 편한 곳에 앉았다. 가이오쿠의 족자 앞에 하오리와 하카마를 입은 너구리가 앉고, 왼쪽에 빨간 셔츠가 앉았다. 오른쪽에는 오늘의 주인공

✟ **진바오리** : 일본 사무라이들이 입던 겉옷

인 끝물 선생이 앉았는데, 역시 전통 옷차림을 하고 있었다. 나는 양복이라서 꿇어앉기가 불편해서 책상다리를 하고 앉았다. 옆에 앉은 체육 선생은 검정 양복바지 차림으로 단정하게 앉아 있다. 체육 선생인 만큼 어지간히도 수행을 쌓고 있다. 이윽고 상이 차려졌다. 술병들도 늘어섰다.

서기가 일어나서 한마디 개회사를 하자 너구리가 일어서서 송별사를 했다. 빨간 셔츠도 일어나서 말했다. 세 명 모두의 송별사가 약속이나 한 것처럼 끝물 군이 훌륭한 교사이고 좋은 사람이라고 허풍을 떨고, 이번에 떠나는 것이 여간 섭섭하지 않다고 했다. 학교로서만이 아니라 개인으로서 매우 애석하게 생각하는 일이지만, 개인 사정으로 전근을 몹시 희망하셨기 때문에 하는 수 없다는 까닭을 말했다. 이런 거짓말을 하며 송별회를 열고도 전혀 부끄럽다고 생각하지 않는다. 특히 빨간 셔츠는 세 사람 중에서 끝물 군을 가장 많이 칭찬했다. 이렇게 좋은 친구를 잃는 것은 실로 자기에게는 커다란 불행이라고까지 말했다. 게다가 그 말투가 제법 그럴듯하고 싱냥해서 속사정을 모르는 사람이라면 누구나 깜빡 넘어갈 것이 틀림없었다. 마돈나도 아마 저런 수법에 넘어갔을 것이다. 빨간 셔츠가 송별사를 하고 있을 때, 맞은편에 앉아 있던 거센 바람이 내 얼굴을 보고 잠깐 눈짓을 했다. 나는 알겠다는 표시로 집게손가락으로 아래 눈꺼풀을 뒤집어 보였다.

빨간 서츠가 자리에 앉자마자 거센 바람이 벌떡 일어났다. 나는 기뻐서 엉겹결에 짝짝짝 박수를 쳤다. 그러자 너구리를 비롯한 전원이 모조리 내 쪽을 쳐다보아서 조금 난처했다. 거센 바람이 무슨 소리를 하나 했더니, "지금 교장 선생님을 비롯해서 특히 교감 선생님은 고가 군의 전근을 몹시 섭섭해하셨지만, 저는 좀 반대입니다. 고가 군이 하루 빨리 이곳을 떠나기를 바라고 있습니다. 노베오카는 산골이어서 이곳에 비한다면 불편할 것입니다. 하지만 듣기로는, 교사와 학생들 모두가 옛날 사람처럼 순수하고 정직한 마음을 갖고 있다고 합니다. 마음에도 없는 빈말을 늘어놓거나 점잖은 체하며 군자를 곤경에 빠뜨리거나 하는 하이칼라 녀석은 단 한 명도 없다고 믿습니다. 그렇기 때문에 고가 군같이 온화하고 성실한 사람은 반드시 그 지방 사람들 모두의 환영을 받을 것입니다. 나는 고가 군의 전근을 크게 축하합니다. 끝으로 고가 군은 노베오카에 부임하거든, 군자의 배필이 될 만한 자격 있는 숙녀를 택해 하루 속히 아름다운 가정을 이루시기를 바랍니다. 에헴, 에헴." 하고 두 번 정도 큰 기침을 하고는 자리에 앉았다. 나는 이번에도 손뼉을 칠까 하다가, 또 모두가 이상하게 바라볼까 봐 그만두기로 했다. 거센 바람이 앉자 이번에는 끝물 선생이 일어섰다. 선생은 정중하게 자기 자리에서 방구석 끝자리까지 가서, 공손하게 모두를 향해 인사를 했다.

"이번에 개인 사정으로 규슈로 가게 되었습니다. 여러 선생님들께서 저를 위해 이렇게 큰 송별회를 열어 주셔서 참으로 감격스럽습니다. 특히 방금 교장, 교감 선생님, 그리고 여러 선생님들의 송별사를 받아서 정말 고맙게 생각합니다. 저는 이제 먼 곳으로 갑니다만, 부디 지금처럼 저를 잊지 마시고 기억해 주시기를 바랍니다." 하고 절을 꾸벅 하고 자리로 돌아갔다. 끝물 군은 대체 어디까지 좋은 사람일 수 있는지, 속을 알 수가 없었다. 자신을 이처럼 업신여기고 있는 교장과 교감한테 공손하게 답례를 한다. 그것도 체면상 형식적으로 하는 인사치레가 아니라, 그 태도며 그 말투며 그 표정에 진심으로 감사하는 마음이 묻어난다. 이런 사람에게 진심으로 감사의 인사를 받는다면 부끄럽다는 생각이 들어 얼굴이 붉어질 법도 한데, 너구리도 빨간 셔츠도 아무렇지 않은 얼굴로 듣고 있을 뿐이다.

인사가 끝나자 저쪽에서도 후루룩, 이쪽에서도 후루룩 하는 소리가 난다. 나도 흉내를 내서 국물을 마셔 보았지만 맛이 없었다. 전채로 나온 음식이 거무튀튀하게 잘못 만들어 망쳐 버린 어묵 같다. 생선회도 있었지만, 워낙 두꺼워서 다랑어 살점을 날로 먹는 거나 같았다. 그래도 옆에 앉은 동료들은 게걸스럽게 먹고 있다. 아마 도쿄식 요리를 먹어 본 일이 없는 것 같다.

그러는 동안에 술병이 왔다 갔다 하며, 사방이 어수선해졌다. 알랑쇠는 공손하게 교장 앞으로 나아가 술잔을 받고 있다. 재수 없는 녀석이다. 끝물 군은 차례차례 술잔을 주고받으며 한 차례 돌 모양이다. 대단한 고역이다. 끝물 군이 내 앞에 와서 "한 잔 주십시오." 하고 하카마 주름을 바로 세우고 청하기에, 나도 꼭 끼는 양복바지 차림으로 꿇어앉아서 한 잔 따랐다. "만난 지도 얼마 되지 않았는데 곧 헤어지게 되니 섭섭합니다. 언제 떠나십니까? 꼭 부두까지 전송하겠습니다." 하고 말했더니, 끝물 군은 "아뇨, 바쁘실 텐데 그러실 필요 없습니다." 하고 대답했다. 끝물 군이 뭐라고 하든 나는 학교를 쉬고 전송할 생각이었다.

그로부터 한 시간쯤 지나는 동안 송별회 자리는 상당히 소란해졌다.

"자아, 한 잔, 아니 내가 마시라는데도······." 혀가 제대로 돌아가지 않는 사람이 하나둘 생기기 시작했다. 지루한 생각이 들어 변소에 갔다가 별빛에 비친 옛날식 정원을 바라보고 있었더니, 거센 바람이 다가왔다. "아까 내 연설 훌륭했지?" 하며 꽤 우쭐댄다. 아주 좋았지만 한군데 마음에 안 드는 데가 있다고 했더니, 어디가 마음에 안 드냐고 물었다.

"반반한 낯짝을 하고 사람을 곤경에 빠뜨리는 것 같은 하이칼라 녀석은 노베오카에는 없으니까, 하고 자네는 말했지?"

"응."

"하이칼라 녀석만으로는 뭔가 부족하단 말이야."

"그럼 뭐라고 하나?"

"하이칼라 녀석, 사기꾼, 야바위꾼, 양의 탈을 쓴 놈, 싸구려 장돌뱅이, 날다람쥐, 앞잡이, 멍멍 짖으면 개하고 똑같을 놈 정도는 해 줘야지."

"나는 그런 말을 잘 못해. 그런데 자네는 정말 잘하는군. 우선 낱말을 퍽 많이 알고 있고. 그러면서 사람들 앞에서 말을 못한다는 건 이상한데."

"뭘, 이건 싸움할 때 쓰려고 미리 준비해 둔 말이야. 사람들 앞에 서면 이렇게 안 나와."

"그런가? 그렇지만 술술 나오잖아. 한 번 더 해 보게."

"몇 번이라도 하지. 들어 봐. 하이칼라 녀석에다가, 사기꾼, 야바위꾼……."

말을 꺼내 놓고 있으니, 복도를 쿵쾅거리며 두 사람이 비틀비틀하면서 달려 나왔다.

"선생들 이거 너무하는데. 도망을 치다니! 내가 있는 동안은 절대로 도망 못 가! 자, 마셔. 마시자고." 하면서 나와 거센 바람을 끌고 간다. 사실 이 두 사람도 변소에 가려고 나온 것인데 취해서 변소에 가는 것도 잊어버리고 우리들을 끌고 가는 것이다. 술주정꾼은 눈앞에 보이는 일에만 정신이 팔려서 원래 하려던 일은 바로 잊어버리는 모양이다.

"자, 여러분. 도망가려던 사기꾼을 끌고 왔어. 자, 술을 잔뜩 먹

여. 사기꾼을 찍소리도 못 할 때까지 취하게 해 주란 말이야. 자네,
도망가면 안 돼."

술주정꾼들은 나를 벽 쪽으로 밀어 붙였다. 상 위를 살펴보니 먹
을 만한 안주가 놓여 있는 데는 한군데도 없다. 자기 몫을 깨끗이 먹
어 치우고, 다른 곳으로 원정을 나간 녀석도 있다. 교장은 언제 돌아
갔는지 모습이 보이지 않았다.

그러는 차에 "이 방인가요?" 하며 기생 서너 명이 들어왔다. 나는
조금 놀랐지만 벽에 떠밀려 있었던 터라, 가만히 보고 있었다. 그랬
더니 그때까지 기둥에 기대어 호박 파이프를 자랑스럽게 물고 있던
빨간 셔츠가 갑자기 일어나 방을 나가려고 했다. 방금 들어온 기생
한 명이 빨간 셔츠가 지나가자 웃으며 인사를 했다. 기생 중에 가장
젊고 가장 예쁜 여자였다. 멀어서 들리지는 않았으나 "어머, 안녕하
셨어요?" 정도의 인사인 것 같았다. 빨간 셔츠는 모른 척하고 나가
버렸고 다시 나타나지 않았다. 아마 교장 뒤를 따라서 돌아갔을 것
이다.

기생들이 들어오자 갑자기 방 전체가 활기를 띠었다. 모두가 함
성을 지르며 환영이라도 하듯 왁자지껄하다. 한쪽에서는 주먹 속에
쥔 물건 숫자를 알아맞히는 게임을 하고, 또 한쪽에서는 가위바위
보 게임을 하고 있다. 또 저쪽 구석에서는 "이봐, 술 따라!" 하며 술
병을 흔들어 보이고, "술이야! 술!" 외치고 있다. 너무 시끄럽고 소란

스러워서 견딜 수가 없었다. 그 속에서 잠자코 앉아 생각에 잠겨 있는 것은 끝물 군뿐이었다. 끝물 군을 위해 송별회를 열어 준 것은 전근이 아쉬워서가 아니다. 모두가 술을 마시며 놀기 위해서다. 역시나 지금도 끝물 군 혼자 무료해하고 괴로워하고 있다. 이따위 송별회라면 열어 주지 않는 것이 훨씬 나았을 것이다.

잠시 지나자, 각자가 가락이 맞지 않는 탁하고 굵은 목소리를 내며 노래를 부르기 시작했다. 내 앞에 온 한 기생이 "손님, 노래 하나 부르세요." 하며 샤미센✢을 연주하려고 하기에, 기생에게 하라고 했다. 그랬더니 꽹과리와 북을 들고 노래를 한다.

"길을 잃은, 길을 잃은 산타로야, 꽝꽝꽝, 두둥둥 두들기며 돌아다녀. 만나고 싶은 님이 있건만." 하며 두 소절을 부르더니, "아휴, 힘들어." 한다. 그렇게 힘들면 더 쉬운 걸 하면 될 텐데.

그러자 어느 틈에 옆에 와 앉았던 알랑쇠가 만담가 같은 말투로 기생에게 수작을 건다. 새침하게 대꾸하는 기생에게 알랑쇠는 거침없이 "우연히 만나긴 만났지만……." 하고 기분 나쁜 목소리로 가면음악극을 하는 흉내를 낸다. "이러지 마세요." 하고 기생이 손바닥으로 알랑쇠의 무릎을 치자, 알랑쇠는 좋다고 웃고 있다. 이 기생은 빨간 셔츠에게 인사를 한 여자다. 기생에게 언어맞고 웃다니 알랑쇠도

✢ 샤미센 : 세 줄로 된 일본 고유의 현악기

멍청한 녀석이지.

"스즈짱, 내가 춤을 출 테니까 샤미센 한 곡조 연주해 줘."

알랑쇠는 춤까지 출 모양이다.

맞은편에서 한문을 가르치는 할아버지가 이도 없는 입을 우물거리며 노래를 하고 있다. 그런데 겨우 한 소절 부르고 나서 "그 다음은?" 하고 기생에게 묻는다. 노인네의 기억력이란. 한 기생은 과학 선생을 붙잡고 요새 유행하는 노래를 불러 주겠다고 한다.

"꽃 단장한 머리하기, 하얀 리본의 하이칼라 머리에, 타는 건 자전거, 커는 건 바이올린. I am glad to see you."

어설픈 영어로 부르고 나자 과학 선생은 "재미있는데. 영어도 섞여 있고." 하며 감탄했다.

거센 바람은 엄청나게 큰 소리로 "기생! 기생!" 하고 부르고는 "내가 검무를 출 테니까 샤미센을 연주해 봐!" 하고 명령조로 말했다. 기생은 그 소리가 너무나 난폭해서 어이가 없는지 대답도 하지 않는다. 거센 바람은 아랑곳하지 않고, 지팡이를 들고 와서 한가운데로 나와 혼자서 숨은 재주를 보여 주었다. 그러고 있는데 알랑쇠가 벌써 아랫도리만 겨우 가린 벌거숭이가 되어서 종려나무 비를 옆구리에 끼고 노래를 부르며 온 방 안을 휩쓸고 다니기 시작했다. 마치 미치광이 같다.

나는 아까부터 거북한 듯 하카마도 벗지 않고 앉아 있는 끝물 군이 딱해서 견딜 수가 없었다. 아무리 자기 송별회라고는 해도 아랫도리만 겨우 가린 벌거숭이 춤까지, 예복을 갖추고 참아 가며 보고 있을 필요는 없을 것 같다. 곁에 가서 "고가 씨, 그만 돌아갑시다." 하고 돌아가자고 했다. 그러자 끝물 군은 "오늘은 제 송별회니까 제가 먼저 돌아가면 실례입니다. 조금도 염려 마세요." 하며 움직이지 않는다. "뭘요. 상관없습니다. 송별회라면 송별회다워야지요. 그런데 저 꼴 좀 보세요. 미친놈들 모임입니다. 자, 갑시다." 하고 내키지 않는 것을 억지로 권해서 방을 나가려고 하는데, 알랑쇠가 빗자루를 휘두르며 다가왔다. "이런, 주인공이 먼저 가다니 고약한데. 못 보낸다!" 하고 비를 가로로 들고 갈 길을 가로막았다. 나는 아까부터 화가 나 있던 참이라서 주먹으로 알랑쇠의 머리를 딱 하고 때려 주었다. 알랑쇠는 2,3초 동안 얼이 빠진 모습으로 멍하니 서 있더니 "아, 이건 너무하네. 주먹으로 때리다니 정말 인정머리 없네요. 이 요시카와를 때리다니 어이가 없군요. 그렇다면 이판사판입니다." 하고 당치도 않은 소리를 늘어놓았다. 뒤에서 거센 바람이 검무를 멈추고 뛰어와서 알랑쇠의 목덜미를 꽉 잡아서 끌어당겼다. "아야, 아파!" 거센 바람은 아프다며 뿌리치려고 하는 알랑쇠를 옆으로 비틀더니, 쿵 하고 함께 쓰러졌다. 그다음은 어떻게 되었는지 모른다. 도중에 끝물 군과 헤어져서 집에 돌아오니 11시가 넘어 있었다.

10

　승전기념일이라 학교가 쉰다. 하지만 연병장에서 기념식이 있어서 학생들을 데리고 참석해야 했다. 나도 교사로서 같이 따라가야 한다. 거리로 나오자 온통 일장기로 어지러울 지경이었다. 학생 수가 800명이나 된다. 체육 교사가 대열을 정돈하고, 한 반 한 반 사이를 조금씩 벌리고, 그 사이에 교사 한 명이나 두 명을 감독으로 끼어 넣었다. 겉으로 보기에는 그럴듯하게 보이지만, 실제로는 여간 어설픈 게 아니다. 학생들은 어린 데다가 건방져서 규칙을 깨지 않으면 학생들의 체면이 서지 않는다고 생각하는 놈들이다. 교사 몇 사람이 따라가 봐도 아무런 도움이 되지 않는다. 시키지도 않았는데 제멋대로 군가를 부르거나, 군가를 마치면 아무 이유도 없이 "와아!" 하고 함성을 지른다. 마치 떠돌이 무사가 거리를 천천히 행진하는 것 같다. 군가도 함성도 지르지 않을 때는 와자지껄하게 무언가 떠들고 있다. 떠들지 않아도 걸어갈 수 있을 텐데 일본 사람은 태어날 때 입부터 먼저 나온 사람들이라, 아무리 잔소리를 해도 듣지를 않는다. 떠드는 것도 그냥 떠드는 것이 아니라 교사의 욕을 하기 때문에 더 문제다. 나는 숙직 때 사건으로 학생에게 사과를 시켰고, 그 정도로 잘 마무리되었다고 생각하고 있었다. 그런데 실제로는 그게 아니었다. 하숙집 할머니의 말에 의하면 정말이지 얼토당토않은 뺑쟁이 녀석들이다. 학생들이 사과한 것은 진심으로 후회해서 사과한 것이 아니다. 그저 교장이 시키니까 형식적으로 고개를 숙였을 뿐이다. 장사꾼이 머리를 숙이면서 교활한 짓을 하는 것과 마찬가지로, 학생들도 사죄는 하지만 장난은 결코 그만두지 않는다. 곰곰이 생각해보니 세상은 모두 이 학생 같은 놈들로 이루어져 있는 것인지도 모른다. 그래서 남이 사과를 하거나 용서를 빌거나 하는 것을 진심으로 받아들여서 용서하는 것은 너무나 정직한 바보라고 해야 할 것이다. 사과하는 것도 가짜로 사과하는 것이니, 용서하는 것도 가짜로 용서하는 것이라고 생각하면 될 것이다. 만일 진심으로 사과를 시킬 생각이라면 진심으로 후회를 할 때까지 두드려 패지 않으면 안 된다.

내가 반과 반 사이로 들어가자 튀김이라는 둥, 경단이라는 둥 이런저런 소리가 쉴 새 없이 들려온다. 게다가 수가 많아서 누가 말하는 것인지 알 수도 없다. 설령 안다고 하더라도 "선생님한테 튀김이라고 한 것이 아닙니다. 경단이라고 한 것이 아닙니다. 그건 선생님이 신경쇠약이기 때문에 자격지심에서 그렇게 들린 것입니다."라고 말할 것이 뻔하다. 이렇게 비열한 근성은 옛날부터 계속되어 온 이 고장의 습관이라, 아무리 타이르고 가르쳐 준다 해도 고쳐질 리가 없다. 이런 고장에서 1년만 더 있으면 그렇지 않은 나도 이 흉내를 내지 않으면 안 될지도 모른다. 상대가 교묘하게 빠져나갈 만한 수단을 마련해 놓고 내 얼굴을 더럽히는 것을 내버려 둘 멍청이는 없으니까.

상대방이 사람이면 나도 사람이다. 학생이라고 해도 아이라고 해도 덩치는 나보다 크다. 그러니까 뭔가 보복을 하지 않으면 체면이 안 선다. 그런데 이쪽에서 보복을 할 때 평범한 방법을 써서 한다면 저쪽에서 오히려 역습을 해 온다. 네놈이 나쁘기 때문이라고 하면, 처음부터 빠져나갈 구멍을 파 놓고 하는 짓이기 때문에 아주 유창하게 답변을 한다. 답변을 늘어놓고, 자기 쪽을 겉만 그럴듯하게 해 놓고, 그다음에 이쪽의 잘못을 공격한다. 원래가 보복으로 한 일이니까, 이쪽의 변호는 저쪽의 잘못이 드러나지 않는 한 변명이 되지 않는다. 결국에는 상대편이 먼저 싸움을 걸었는데도 세상 이목은 이쪽이 싸움을 건 것처럼 보이게 된다. 대단히 불리하다. 그렇다고 저쪽에서 하는 대로 그냥 내버려 둔다면 저쪽은 점점 우쭐댈 뿐이다.

과장해서 말하면, 세상을 위해서 좋지 않은 일이다. 그래서 하는 수 없이 이쪽도 상대편이 쓰는 방법을 써서, 꼬리가 잡히지 않는 교묘한 보복을 해야만 한다. 그러고 보면 도쿄 토박이도 별수가 없다. 안 됐지만 1년이나 이렇게 당한 이상, 나도 사람이니까 나쁘건 어쨌건 그렇게 되지 않으면 결판이 나지를 않는다. 아무래도 빨리 도쿄로 돌아가서 기요와 함께 지내는 게 제일이다. 이런 시골에 있는 것은 망가지러 와 있는 것이나 마찬가지다. 신문 배달을 하더라도 이 지경까지 망가지지는 않을 것이다.

이렇게 생각하면서 마지못해 뒤따라가고 있는데, 무슨 일인지 앞쪽이 갑자기 와글와글 떠들기 시작했다. 동시에 대열이 딱 멈춘다. 이상해서 대열에서 오른쪽으로 벗어나서 저쪽으로 보니 사거리 모퉁이에서 길이 막힌 채, 앞으로 밀쳤다가 뒤로 밀렸다가 하면서 옥신각신하고 있다. 앞에서 "조용히! 조용히!" 하고 목이 쉬도록 외치고 있는 체육 선생에게 무슨 일이냐고 물었더니, 길모퉁이에서 중학교와 사범학교가 충돌했다고 한다.

중학교과 사범학교는 어느 지방에서나 개와 원숭이처럼 사이가 나쁘다고 한다. 왜 그런지는 모르지만, 기질이 전혀 맞지 않는단다. 무슨 일만 있으면 싸움을 한다. 아마 좁은 시골에서 할 일이 없으니까 심심풀이로 하는 일인 것 같다. 나는 싸움을 좋아하는 편이라 충돌이라는 말을 듣고서 재미있겠다 싶어 뛰어갔다. 그랬더니 앞에 있는 무리들은 끊임없이 "뭐야! 세금으로 학교 다니는 주제에 물러서!" 하고 소리치고 있다. 뒤에서는 "밀어붙여! 밀어붙여!" 하고 큰 소리를 지른다. 내가 앞을 가로막고 있는 학생들 틈을 빠져나가서 모퉁이를 거의 나서려고 했을 때, "앞으로!" 하는 높고 날카로운 호령 소리가 들리나 싶더니 사범학교 행렬이 엄숙하게 앞으로 행진하기 시작했다. 앞을 다투던 충돌은 타협이 되기는 했지만, 결국 중학교가 양보를 한 것이다. 자격으로 말하면 사범학교 쪽이 위라고 한다.

승전기념식은 무척 간단했다. 여단장이 축사를 읽는다. 지사가 축사를 읽는다. 참가자들이 만세를 부른다. 그것으로 끝이다. 뒷풀이는 오후에 있다고 해서 일단 하숙집으로 돌아와서 지난번부터 줄곧 마음에 걸렸던 기요에게 답장을 쓰기 시작했다. 이번에는 더 자세하게 써 달라는 주문이 있었기에 되도록 정성을 들여 써야 한다. 그런데 막상 편지지를 집어 들자 무엇부터 써야 좋을지 모르겠다. '그것으로 할까?', '그것은 귀찮아.', '이것으로 할까?', '이것은 시시해.' 하며 한참을 고민했다. 뭔가 힘들지 않게 술술 써지면서 기요가 재미있어 할 만한 이야기는 없을까 하고 생각해 보니, 그런 주문에 맞는 사건은 하나도 없다. 나는 먹을 갈고 붓을 축이고, 편지지를 바라보고, 다시 편지지를 바라보고, 붓을 축이고 먹을 갈고…… 같은 동작을 몇 번이나 똑같이 되풀이한 다음, 도저히 편지는 못 쓰겠다고 단념하고 벼루 뚜껑을 덮어 버렸다. 편지 같은 것을 쓰는 건 귀찮은 일이다. 역시 도쿄에 올라가서 만나서 이야기를 하는 것이 간단하다. 기요의 근심을 짐작 못 하는 것도 아니지만, 기요가 말한 대로 편지를 쓰는 것은 3주간의 단식보다 더 고통스럽다.

나는 붓과 편지지를 내팽개치고, 벌렁 드러누워 팔베개를 하고 마당 쪽을 바라보았다. 역시 기요의 일이 마음에 걸린다. 하지만 이렇게 생각했다. 이렇게 먼 곳까지 와서 기요의 신상을 염려해 주기만 한다면, 내 진심은 기요에게 통할 것이 틀림없다. 통하기만 한다면 편지 같은 것을 보낼 필요는 없다. 보내지 않으면 무사히 잘 지내고 있다고 생각할 것이다. 편지는 죽었을 때나 병이 났을 때, 무슨 일이 생겼을 때만 하면 되는 것이다.

마당은 열 평 정도의 편편한 뜰로서 이렇다 할 나무도 없다. 단지 귤나무 한 그루가 있는데, 담 밖에서도 보일 만큼 키가 크다. 나는 집에 돌아오면 언제나 이 귤나무를 바라본다. 도쿄를 떠나 본 일이 없는 사람에게는 귤이 열려 있는 광경이 매우 신기하다. 저 퍼런 열매가 점점 익어가면서 노랗게 될 텐데, 분명히 아름다울 것이다. 지금도 벌써 절반쯤 색이 변한 것도 있다. 할머니에게 물어보았더니 아주 수분이 많은, 맛있는 귤이라고 한다. 이제 곧 익으면 실컷 먹으라고 했으니까 날마다 조금씩 먹어야겠다. 이제 3주만 지나면 충분히 먹게 될 것이다. 설마 3주 안에 이곳을 떠날 일은 없겠지.

내가 귤에 대한 생각을 하고 있는데, 거센 바람이 놀러 왔다. "오늘은 승전기념일이니 자네와 함께 먹으려고 소고기를 사 왔어." 하고 죽순 껍질에 싼 꾸러미를 소매 속에서 꺼내 방 한가운데로 내던 졌다. 나는 하숙집에서 고구마 고문, 두부 고문에 시달리고 있었던 데다가 메밀국수집과 경단집 출입을 금지당하고 있던 참이라, "잘 됐다." 하고, 바로 하숙집 할머니한테서 냄비와 설탕을 빌려다가 요리를 시작했다.

거센 바람은 쇠고기를 입에 잔뜩 넣고, "자네 빨간 셔츠한테 단골 기생이 있는 것을 알고 있나?" 하고 물었다. "알고말고. 요전에 끝물의 송별회 때에 왔던 기생 중 한 명이지?" 하고 말했더니, "맞아. 나는 요새 겨우 눈치를 챘는데, 자네는 여간 눈치가 빠른게 아니군." 하며 칭찬을 했다.

"그 녀석은 말만 꺼냈다 하면 품성이 어쩌고저쩌고 정신적 오락이 어쩌고저쩌고 하는 주제에 뒷구멍으로는 기생과 만나는 고약한 놈이야. 그것도 자네가 메밀국수집에 가거나 경단집에 드나드는 것까지 좋지 않다며 교장 입을 통해서 주의를 주지 않았나."

"흥. 그 자식은 기생을 불러 노는 것은 정신적 오락이고, 튀김이나 경단은 물리적 오락이라고 생각하는 모양이지. 정신적 오락이라면 좀 더 서슴지 않고 하란 말이야. 뭐야, 그 꼬락서니는. 단골 기생이 들어오자 자리를 비우고 도망치다니. 어디까지나 남을 속일 생각이니까 괘씸한 거지. 그리고는 남이 공격을 하면 나는 모른다는 둥, 러시아 문학이 어떻고 하이쿠가 어떻다는 둥 하면서 사람을 혼란스럽게 만들 속셈이지. 그런 겁쟁이는 사나이가 아니야."

"빨간 셔츠는 남의 눈을 피해서 온천거리의 가도야에 가서, 기생과 만난다네." 거센 바람이 말했다.

"가도야라니, 그 여관 말인가?"

"여관 겸 요릿집이지. 그러니까 그 녀석 코를 납작하게 해 주려면 녀석이 기생을 데리고 거기로 들어가는 것을 지켜봐 두었다가 면박을 주는 거지."

"지켜보다니, 밤에 망이라도 보겠다는 건가?"

"응. 가도야 앞에 마스야라는 여관이 있어. 거기 2층에 방을 빌려서 장지에 구멍을 뚫고 내다보는 거야."

"보고 있을 때 올까?"

"오겠지. 어차피 하룻밤으론 안 돼. 한 2주일쯤 할 생각이 아니면."

"굉장히 피곤할 거야. 난 아버지가 돌아가실 때 1주일 정도 밤을 새워 간호한 일이 있는데, 나중에 멍해져서 아주 혼난 적이 있어."

"몸이 좀 피로하다고 해도 상관없어. 그런 간사한 녀석을 그대로 내버려 두면 우리나라를 위해서도 좋지 않으니까. 내가 하늘을 대신해서 벌을 내리는 거야."

"대단한걸. 그렇게 일이 결정되면 나도 협조하겠네. 그럼 오늘 밤부터 망을 볼 건가?"

"아직 마스야에 말을 안 했으니까, 오늘 밤은 안 되지."

"그럼 언제부터 시작할 건가?"

"조만간 시작할 거야. 어쨌든 자네에게 알릴 거니까, 그때가 되면 협조해 주게."

"좋아. 언제라도 협조하지. 나는 계략은 서툴지만 싸움이라면 상당히 날쌔다네."

나와 거센 바람이 열심히 빨간 셔츠 퇴치 전략을 의논하고 있을 때, 하숙집 할머니가 나와서 "학교 학생 하나가 홋타 선생님을 뵙겠다고 왔는데유. 댁에 갔었는데 안 계셔서 아마 여기 계신가 하고 찾으러 왔다네유." 하며 거센 바람의 대답을 기다리고 있다. 거센 바람은 "그래요?" 하고 현관까지 나갔다가 이내 돌아와서는, "학생이 승전기념회 뒤풀이를 보러 가지 않겠냐고 데리러 왔어. 오늘은 고치에서 무슨 춤인가를 춘대. 일부러 여기까지 많은 사람이 왔으니까 꼭 구경하라고 하네. 좀처럼 볼 수 없는 춤이라고 하면서 말이야. 자네도 같이 가 보자고." 하고 거센 바람은 매우 마음이 들떠서 나에게 같이 가자고 권했다. 나는 춤이라면 도쿄에서 많이 보았다. 우스꽝스러운 춤 같은 것은 보고 싶지 않다고 생각했지만 모처럼 거센 바람이 권하는 바람에 문득 가고 싶어져서 문을 나섰다. 거센 바람을 부르러 온 학생이 누군가 했더니 빨간 셔츠의 동생이다. 참 이상한 녀석이 다 왔다.

기념식장에 들어서니 여러 개의 기다란 깃발이 곳곳에 꽂혀 있고, 세계 각국의 국기를 있는 대로 다 빌려 와서 걸었는지 넓은 하늘이 전에 없이 화려하게 보인다. 동쪽 구석에 하룻밤 사이에 만든 무대를 설치하고 여기서 이른바 고치의 뭐라는 춤을 춘다는 것이다. 무대를 오른쪽으로 반 정(약 50미터)쯤 가니 갈대로 에워싼 꽃꽂이가 진열되어 있다. 모두가 감탄하며 바라보고 있으나 내게는 아주 시시한 것이다. 저렇게 풀이나 대나무를 구부려 놓고 기뻐하는 건 꼽추 애인이나 절름발이 서방을 가지고 자랑하는 것이랑 다를 바 없다.

무대 반대쪽에서는 끊임없이 불꽃놀이를 한다. 불꽃 속에서 풍선이 나왔다. '제국 만세'라고 쓰여 있다. 소나무 위를 훨훨 날아서 병영 안으로 떨어졌다. 다음에는 펑 하고 소리가 나며 까만 경단 같은 것이 슛 하고 가을 하늘을 뚫을 듯 올라가더니, 그것이 내 머리 위에서 타 터지며 파란 연기가 우산살처럼 퍼져서, 서서히 공중으로 흩어진다. 풍선이 또 올랐다. 이번에는 '육해군 만세'라고 붉은 바탕에 하얗게 물들인 것이 바람에 흔들리며 온천거리에서 아이오이 마을 쪽으로 날아갔다. 아마 관음보살님을 모신 경내라도 떨어졌을 것이다.

식을 치를 때는 그렇지도 않았는데 이번에는 굉장한 사람들이 모여들었다. 시골에도 이렇게 사람이 살고 있나 하고 놀랄 만큼 우글

우글하다. 그러는 중에 그 유명한 고치의 뭐라는 춤이 시작되었다. 춤이라고 하기에 후지마⁺인가 하고 지레짐작했으나 그것과는 완전히 딴판이다.

절도 있게 머리띠를 뒤로 동여매고 무릎 아래를 끈으로 묶은 바지를 입은 사나이들이, 열 명씩 무대 위에 세 줄로 늘어서 있다. 그 서른 명이 모조리 칼집에서 뺀 칼을 들고 있어서 깜짝 놀랐다. 앞줄과 뒷줄 사이는 겨우 한 자 다섯 치(약 45센티미터)쯤 될 것이다. 양 옆의 간격은 그보다 좁으면 좁았지 넓지는 않았다. 딱 한 명이 대열에서 떨어져서 무대 끝에 서 있을 뿐이다. 이 대열에서 떨어져 있는 사내는 하카마는 입고 있으나, 뒤로 동여 맨 머리띠는 두르지 않고 칼집에서 뺀 칼 대신에 가슴에 북을 메고 있다. 이 사나이가 이윽고 "야아, 하이야." 하고 늘어진 소리를 내며 이상한 노래를 부르면서 북을 둥둥둥 둥둥둥 두드린다. 노랫가락은 들어본 적 없을 정도로 괴상하고 기이했다.

노래는 아주 느린 것이어서 여름철의 물엿처럼 늘어지는 것이지만, 한 단락을 끊기 위해서 둥둥둥 북의 장단을 넣으니까, 늘어지는 듯해도 박자는 맞출 수 있다. 이 박자에 맞춰서 서른 명이 든 칼이 번쩍번쩍 빛나고 있는데, 무척이나 재빠른 동작으로, 보고만 있어

⁺ **후지마** : 일본 무용의 일종이나 그런 종류의 춤

도 오싹오싹해진다. 옆에도 뒤에도 한 자 다섯 치 이내에 살아 있는 사람이 있고, 그 사람이 잘 드는 칼을 자기와 같은 동작으로 휘두르는 것이니, 자칫 동작이 일치하지 않으면 동료를 베어 상처를 입히게 된다. 그것도 움직이지 않고 칼만 앞뒤나 위아래로 휘두른다면 별로 위험할 것도 없지만, 서른 명이 한꺼번에 제자리걸음을 하다가 옆으로 향할 때가 있다. 또 휙 돌 때도 있다. 무릎을 구부릴 때도 있다. 옆에 있는 사람이 1초라도 빠르거나 느리면 자기의 코가 떨어질지도 모른다. 옆 사람의 머리가 날아갈지도 모른다. 칼이 움직이는 것은 자유자재지만 그 움직이는 범위는 사방 한 자 다섯 치, 각 기둥 안으로 제한된다. 그렇기 때문에 앞, 뒤, 옆에 있는 사람들과 같은 방향, 같은 속도로 움직이지 않으며 안 된다. 참으로 놀라웠다. 물어보니, 이것은 대단한 훈련이 필요하고, 어지간하지 않으면 지금처럼 장단을 맞추지 못한다고 한다. 특히 어려운 것은 북을 치는 사람이라고 한다. 서른 명의 발놀삭노, 손동작도, 허리를 구부리는 것도 모두 다 이 북 치는 사람의 박자 하나로 결정된다. 옆에서 보고 있으면 제일 한가한 사람처럼 "야아, 하아." 하고 태평스럽게 노래만 부르고 있는 것 같지만, 사실 가장 책임이 무겁고 힘들다고 하니 신기한 일이다.

나와 거센 바람이 감탄하며 춤 구경을 하고 있는데, 반 정(약 50센티미터)쯤 떨어진 곳에서 갑자기 "와아!" 하는 함성이 일어났다. 이제까지 조용하게 춤을 구경하고 있던 사람들이 갑자기 물결치듯 좌우로 흔들리기 시작한다. "싸움이다! 싸움이 났다!" 하는 소리가 들리는가 싶더니, 사람들 사이로 빠져나온 빨간 셔츠 동생이 "선생님! 또 싸움입니다. 중학교 쪽에서 오늘 아침 일에 대해서 보복하는 것으로 사범학교 녀석들하고 결전을 시작했다고 합니다. 빨리 와 주세요." 하면서 다시 사람들을 뚫고 어디론가 사라져 버렸다.

거센 바람은 "골치 아픈 녀석들이군. 또 시작했단 말이야? 적당히 좀 해 둘 것이지." 하면서 사람들을 피하면서 단숨에 달려갔다. 그냥 보고만 있을 수 없으니까 말릴 생각인 듯했다. 나도 물론 달아날 생각은 없다. 거센 바람의 뒤를 따라 달려갔다.

현장에서는 싸움이 한창이었다. 사범학교 쪽은 5,60명쯤 되어 보였다. 중학생들은 확실히 30퍼센트 정도는 더 많다. 사범학교는 교복을 입고 있으나 중학생들은 식이 끝난 후 대부분 일본 옷으로 갈아입었기 때문에, 적과 내 편은 금방 알 수 있었다. 그러나 한데 엉켜서 붙었다 떨어졌다 하면서 싸우고 있어서 어디서부터 어떻게 손을 써서 갈라놓아야 할지 알 수가 없었다. 거센 바람은 난처한 듯 잠시이 난장판을 바라보고 있다가 "이렇게 된 이상 어쩔 수 없다. 경찰이 오면 시끄러워지네. 뛰어들어 가 떼어 놓자고." 하며 내 쪽을 보고 말했다. 나는 대답도 하지 않고, 갑자기 싸움이 가장 격렬해 보이는 곳으로 뛰어들어 갔다. "그만둬! 그만둬! 그런 난폭한 짓을 하면 학교 체면이 뭐가 되겠니? 그만두지 못해!" 하고 있는 힘껏 큰소리를 치며 상대편과 우리 편의 경계선인 듯한 곳을 뚫고 나가려고 했지만, 생각처럼 되지 않았다. 한두 간(3~4미터)쯤 들어갔다가 들어가지도 나오지도 못하게 되었다. 눈앞에 비교적 큰 사범학교 학생이 열대여섯 살 정도 되는 중학생과 들러붙어 있었다. "그만두라니까. 그만두지 못해!" 하고 사범학교 학생의 어깨를 붙들고 억지로 떼어 놓으려는 순간, 누구인지 몰라도 밑에서 내 다리를 걸었다. 나는 공격을 받아 잡았던 어깨를 놓친 채 옆으로 쓰러졌다. 어떤 녀석이 딱딱한 구둣발로 내 등에 올라탔다. 양손과 무릎을 짚고 밑에서 벌떡 일어났더니, 올라섰던 녀석은 오른쪽으로 굴러떨어졌다. 일어나서 보니 세 간(5~6미터)쯤 떨어진 곳에서 거센 바람의 큰 몸집이 학생들 틈에 끼어 있었다.

"그만둬! 그만둬! 싸움은 그만둬! 그만둬!" 하면서 싸움을 말렸다. 거센 바람을 향채 "어보게, 아무래도 안 되겠네!" 히고 말헤 보았지만 들리지 않는지 대답도 없었다.

그때 휙 하고 바람을 가르며 돌이 날아왔다. 광대뼈에 맞았구나 하고 생각한 순간, 뒤에서 몽둥이로 등을 후려갈기는 놈이 있다.

"선생까지 나왔다! 때려라, 때려라!"

"선생은 둘이다, 큰 놈하고 작은 놈이다! 돌을 던져라." 하는 소리가 들렸다.

"뭐야! 건방진 소리 하지 마라! 촌놈들 주제에!" 하고 옆에 있던 사범학교 학생의 머리를 갈겨 주었다. 돌멩이가 또 휙 날아온다. 이 번에는 짧게 깎은 머리를 스치고 뒤쪽으로 날아갔다. 거센 바람은 어떻게 되었는지 보이지도 않는다. 이렇게 되고 보니 하는 수 없다. 처음에는 싸움을 말리려고 들어갔는데 두들겨 맞고 돌에 맞았다고 겁이 나서 물러설 얼간이가 어디 있는가. "나를 뭘로 보는 거야! 몸 집은 작지만 싸움의 본고장에서 수련을 쌓은 몸이라고!" 하며 닥치 는 대로 후려갈기며 얻어맞았다. 잠시 후 "경찰이다! 경찰이다! 달 아나자! 달아나자!" 하는 소리가 들렸다. 지금까지 진흙탕 속에서 헤엄을 치는 것처럼 몸을 움직일 수도 없다가 갑자기 편해졌다고 생 각했더니, 적도 우리 편도 한꺼번에 뺑소니를 쳐 버린다. 촌놈들이라 도 도망치는 솜씨 하나는 기가 막히다.

거센 바람은 어떻게 되었나 하고 보니까, 저쪽에서 홑겹 하오리를 갈기갈기 찢어서 코를 풀고 있다. 콧잔등을 맞아서 피가 많이 나왔 다. 코가 부어오르고 새빨갛게 되어서 무척이나 흉한 모습이었다. 나는 진흙투성이가 되긴 했지만 겹옷을 입고 있었기 때문에 거센 바 람의 하오리만큼의 손해는 없었다. 그러나 뺨이 쓰라려서 견딜 수가 없었다. 거센 바람이 나에게 피가 많이 난다고 알려 주었다.

경찰이 열대여섯 명이 왔는데, 학생은 반대쪽으로 재빨리 달아나 버렸기 때문에 붙잡힌 것은 나와 거센 바람뿐이었다. 이름을 말하

고 자초지종을 이야기했는데도 경찰서까지 오라고 했다. 결국 경찰
서까지 가서 서장 앞에서 사건의 전말을 진술하고 하숙집으로 돌아
왔다.

다음 날, 잠에서 깨어 보니 온몸이 아파서 견딜 수 없었다. 한참 동안 싸움을 해 보지 않았기 때문에 이렇게 뻐근한 것 같다. 이래서야 그다지 자랑도 못 하겠다고 이부자리 속에서 생각하고 있는데, 할머니가 시코쿠 신문을 가지고 와서 머리맡에 놓아 주었다. 신문을 넘기는 것조차도 힘겨웠지만 사내자식이 이만한 일로 끙끙 앓아서야 되겠나 싶어서 억지로 엎드린 채로 신문을 넘겨 보았다. 그런데 2면을 펼치다가 깜짝 놀랐다. 어제 있었던 싸움이 실려 있었다. 싸움 기사가 실린 것은 놀랄 일도 아니지만 "중학교 교사인 홋타 아무개 씨와 최근 도쿄에서 부임한 건방진 아무개 씨가 순진한 학생들을 부추겨서 이 소동을 일으켰다."고 쓰여 있었다. 뿐만 아니라 "두 사람은 현장에서 학생들을 지휘하고, 함부로 사범학교 학생에게 폭력을 휘둘렀다."고 썼다. 그 다음에는 이런 의견이 덧붙어 있었다.

"우리 지역의 중학교는 옛날부터 선량하고 온순한 기풍을 가지고 있었기 때문에 전국적으로 부러움의 대상이었다. 허나 경박한 두 풋내기 선생들 때문에 학교의 명성이 훼손되었으며, 시 전체의 명예에 오점을 남긴 이상 우리들은 그 책임을 묻지 않을 수 없다. 우리는 믿어 의심치 않는다. 우리가 손을 쓰기 전에 당국자가 이에 상응하는 처분을 이 무뢰한들에게 가하여 그들로 하여금 또 다시 교육계에 발을 들여놓지 못하도록 할 것임을."

글자 한 글자 한 글자마자 모두 까만 점을 찍어서 특별히 주목을 끌게 했다. 나는 이불 속에서 "똥이나 처먹어라." 하면서 벌떡 일어났다. 신기하게도 지금까지 몸 마디마디가 욱신욱신거렸는데, 벌떡 일어나자마자 씻은 듯 가벼워졌다.

나는 신문을 둘둘 말아서 마당에 내던졌지만 그래도 성이 풀리지 않아서 변소에 처넣어 버렸다. 신문이린 깃이 터무니없는 서짓말을 하고 있다. 세상에서 신문처림 허풍을 떠는 것도 없을 것이다. 내가 해야 할 말들을 되려 자기네들이 늘어놓고 있다. 게다가 "최근 도쿄에서 부임한 건방진 아무개 씨."가 뭐란 말인가. 천하에 '아무개'라는 성을 가진 사람이 어디에 있나. 이래 봬도 내게는 어엿한 성도 있고 이름도 있다. 족보를 보고 싶다면, 우리 조상을 모조리 뵙게 해 주겠다. 세수를 했더니 뺨이 아파 왔다. 할머니에게 거울을 빌려 달라고 했더니, "오늘 아침 신문은 봤시유?" 하고 묻는다. "읽고 나서 변소에 처넣고 왔어요. 보고 싶으면 건져 오세요."라고 했더니, 놀라서 물러갔다. 거울로 얼굴을 보니 어제와 마찬가지로 상처가 나 있다. 이래 봬도 나에게는 소중한 얼굴이다. 그런데 얼굴에 상처까지 얻은 데다 건방진 아무개 씨라는 말까지 들어야 하다니 참을 수 없다. 오늘 신문에 난 기사 때문에 학교를 쉬었다는 말을 듣게 된다면 일생일대의 씻을 수 없는 불명예가 될 것이므로, 밥을 먹자마자 학교로 갔다.

들어오는 사람마다 내 얼굴을 보고 웃는다. 무엇이 우습단 말인가. 자기네가 만들어 준 얼굴도 아니다. 그러고 있는데 알랑쇠가 와서 "이야, 어제 세운 공의 영광스런 상처인가요?" 하고 송별회 때 얻어맞은 복수라고 생각했는지 기분 나쁘게 빈정거린다. 그래서 "잔소리 하지 말고 붓이나 핥고 있어요." 하고 쏘아 주었다. 그랬더니 "이거 죄송합니다. 근데 엄청 아프겠는데요." 하기에, "아프거나 말거나 내 얼굴입니다. 그쪽 걱정 같은 건 필요 없어요!" 하고 소리쳤다. 알랑쇠는 조용히 자기 자리에 가서 앉아, 역시 내 얼굴을 보고 있던 옆자리의 역사 선생과 뭔가 속닥거리며 웃고 있다.

그다음으로 거센 바람이 나타났다. 거센 바람의 코로 말하자면, 보랏빛으로 퉁퉁 부어올라서 짜내면 안에서 고름이라도 터져 나올 것 같았다. 너무 자신만만했던 탓인지 내 얼굴보다 훨씬 더 많이 망가졌다. 나와 거센 바람은 책상을 나란히 하고 붙어 앉은 친한 사이인 데다, 하필이면 운 나쁘게도 그 책상이 교무실 출입구 바로 정면에 있다. 희한하게 망가진 얼굴 둘이 모여 있는 것이다. 다른 사람들은 심심해지기만 하면 꼭 이쪽을 바라보았다. "뜻밖의 봉변을 당하셔서."라고 입으로는 그렇게 말을 하지만, 속으로는 바보 같은 녀석들이라고 생각하고 있을 것이다. 그렇지 않고서야 저렇게 수군거리고 킥킥대고 웃을 까닭이 없다. 교실에 들어가니 학생들은 박수로 환영했다. "선생님 만세!" 하고 외치는 놈도 두세 명 있었다. 치켜세우는 것인지 놀리는 것인지 알 수가 없다.

나와 거센 바람이 이렇게 주목받고 있는 가운데 빨간 셔츠만은 평소와 다름없이 와서 "정말 뜻밖의 일을 당했어요. 나는 선생님들이 당한 일을 딱하게 생각합니다. 신문 기사는 교장 선생님과도 상의해서 정정을 하도록 손을 써 놓았으니까, 걱정할 것 없어요. 내 동생이 홋타 선생을 부르러 갔다가 이런 일이 생긴 것이니 정말 면목이 없네요. 그래서 이 일에 대해서는 아무쪼록 최선을 다할 테니까 너무 기분 나쁘게 생각하지 마세요." 하며 거의 사과에 가까운 말을 늘어놓았다.

교장은 셋째 시간 즈음에 교장실에서 나오더니, "신문에 난감한 기사가 실렸더군요. 복잡하게 되지 않았으면 좋겠는데." 하며 다소 걱정하는 눈치다. 나는 하나도 걱정되지 않았다. 저쪽에서 파면을 시킨다면, 파면이 되기 전에 사표를 내 버리면 그만이다. 그러나 아무 잘못이 없는데 내 쪽에서 물러나는 것은 허풍쟁이 신문사를 더욱 기고만장하게 만들어 주는 꼴이 되니까 신문사로 하여금 정정 기사를 내보내게 하고, 내가 일부러라도 학교에 남아 있어야 한다고 생각했다. 돌아가는 길에 신문사로 담판을 지으러 갈까 하다가, 학교에서 기사 정정 수속을 했다고 해서 그만두었다.

나와 거센 바람은 교장과 교감에게 거짓 없이 사실을 대충 설명했다. 교장과 교감은 "그럴 겁니다. 신문사가 학교에 감정을 품고 그런 기사를 일부러 냈을 겁니다." 하고 결론을 내렸다. 빨간 셔츠는 교무실의 한 사람 한 사람 찾아 돌아다니며 우리들의 행동을 변호했다. 특히 자기 동생이 거센 바람을 불러 낸 것을 자기 과실이나 되는 것처럼 떠들어 댔다. 그러자 모두들 "정말 신문사가 나쁘다. 괘씸하다.", "두 분은 정말 어이없이 당한 거군요."라고 말했다.

돌아오는 길에 거센 바람은 "이봐, 저 빨간 셔츠 수상해. 조심하지 않으면 걸려들어." 하고 주의를 주었다. "어차피 수상해. 어제오늘 수상해진 게 아니잖아." 하고 말했더니, "자네 아직도 눈치 못 챘어? 어제 일부러 우리를 꾀어 싸움판에 말려들게 한 거라니까." 하고 가르쳐 주었다. 정말이지 거기까지는 생각하지 못했다. 거센 바람은 거칠어 보이는 것 같아도 나보다 지혜가 있는 사람이구나 하고 감탄했다.

"그렇게 싸움을 붙여 놓고, 곧바로 신문사에 손을 써서 그런 기사를 내보내게 한 거야. 정말 교활한 놈이라니까."

　"신문까지도 빨간 셔츠 일당인가. 그것 참 대단한데. 그렇지만 신문이 빨간 셔츠가 하는 소리를 그렇게 쉽게 들어줬을까?"

　"들어주고말고. 신문사에 친구가 있으면 아무 문제없지."

　"친구가 있대?"

　"없어도 문제없어. 거짓말을 해서 사실이 이러이러하다고 얘기하면 바로 써 주니까."

　"너무하는군. 정말 빨간 셔츠가 꾸며 낸 거라면 우리는 이번 사건으로 파면을 당하게 될지도 모르겠군."

　"자칫하면 당하게 될지도 모르지."

　"그렇다면 나는 내일 사표를 내고 곧바로 도쿄로 돌아가 버려야지. 이런 좋지 못한 곳에는 있어 달라고 빌어도 있기가 싫어."

　"자네가 사표를 내 봤자 빨간 셔츠가 곤란할 건 하나도 없어."

　"그것도 그렇군. 그럼 어떻게 하면 곤란해질까?"

　"저런 교활한 놈들은 무엇이든지 증거가 드러나지 않도록 궁리를 하니까 반박하기가 엄청 어렵단 말이야."

　"골치 아프네. 그러면 누명을 쓰는 거군. 재수 없어. 하늘이 착한 사람 편이라고 누가 그래."

　"어디 이삼일 더 상황을 살피기로 하자고. 그리고 일이 잘못되면 온천 거리에 가서 잡아 족치는 수밖에 없지."

"싸움 사건은 싸움 사건으로 두고 말이지."

"그렇지. 이쪽은 이쪽대로 저쪽의 급소를 찌르는 거야."

"그것도 좋겠지. 나는 계략 짜는 게 서투니까 모든 걸 부탁하네. 만일의 경우에는 무슨 일이라도 하겠어."

나와 거센 바람은 이렇게 헤어졌다. 빨간 셔츠가 정말 거센 바람의 추측대로 한 거라면 정말 지독한 놈이다. 도저히 두뇌 싸움으로는 이겨 낼 수 없다. 아무래도 힘을 쓰지 않으면 안 되겠다. 이래서 세상에는 전쟁이 그치지 않는구나. 개인의 일이라도 결국에는 힘을 쓰지 않으면 안 되니까.

이튿날 신문이 오기를 기다렸다가 펼쳐 보니, 정정은커녕 취소 기사도 보이지 않았다. 학교에 가서 너구리에게 재촉했더니, "내일쯤 내겠지요." 한다. 그 다음날이 되어서야 6호 활자로 작게 취소 기사가 났다. 그러나 신문사 측에서 정정은 하지 않았다. 다시 교장한테 이야기했더니, 더 이상 손 쓸 방법이 없다고 했다. 교장은 너구리 같은 얼굴을 하고 돼먹지 못하게 거만한 체하고 있지만, 뜻밖에도 별 힘이 없는 존재다. 허위 기사를 실은 시골 신문사 하나 사과시킬 힘이 없다. 너무 화가 나서 그러면 내가 혼자 가서 책임자하고 담판을 짓겠다고 했더니, "그것은 안 됩니다. 선생이 담판을 하면 또 험담이 실릴 뿐이에요. 말하자면 신문에 실린 기사는 거짓이건 사실이건 결국 어떻게도 할 수 없는 것입니다. 포기하는 수밖에 별도리가 없습니다." 하고 스님의 설교 같은 말로 나를 설득한다. 신문이 그런 것이라면, 하루 속히 때려 부숴 버리는 것이 우리들 모두에게 이익이 될 것이다. 신문에 나는 것과 자라한테 물리는 것이 거의 비슷한 일이라는 것은 오늘 이 자리에서 너구리의 설명으로 비로소 알게 되었다.

그 후 사흘쯤 지난 어느 날 오후, 거센 바람이 화가 나서 나를 찾아왔다.

"드디어 때가 왔어. 나는 그때 그 계획을 단행할 생각이야."

"그런가? 그럼 나도 동참하겠네."

"그런데 자네는 그만두는 게 좋을 것 같네."

"왜 그러나?"

"자네는 교장한테 불려가서 사표를 내라는 말을 들었나?"

"아니, 그런 말 들은 일 없어. 자네는?"

"나는 오늘 교장실에서 참으로 미안하지만 사정이 부득이하니까 결단을 해 달라는 말을 들었네."

"그런 게 어디 있어? 너구리는 아마 배때기를 너무 두드려서 밥통 위치가 뒤집힌 걸 거야. 자네와 나는 함께 승전기념일에 나가서, 함께 고치의 번쩍이는 칼춤을 보고, 함께 싸움을 말리지 않았는가. 사표를 내라고 하면 공평하게 양쪽에 다 내라고 해야지. 어째서 이놈의 촌구석 학교는 그런 공정함도 없는 거야. 답답하네."

"그게 빨간 셔츠의 계략이지. 나와 빨간 셔츠는 지금까지의 관계로 봐서 도저히 같이 있을 수 없지만, 자네는 지금 이대로 내버려 두어도 손해는 없다고 생각하는 거지."

"나 역시 빨간 셔츠하고 같이 지낼 수 있는 줄 아나? 손해 볼 것 없다고 생각하다니, 건방지군."

"자네는 너무 단순하니까 어떻게든 속일 수가 있다고 생각한 거겠지."

"그게 더 기분 나빠. 누가 같이 더 있을 줄 알아?"

"게다가 요전에 고가가 떠난 다음, 그 후임자가 사고가 있어서 도착하지 못했잖나. 그런데 또 자네와 나를 한꺼번에 몰아내면 학생들 수업에 지장이 있단 말이야."

"그렇다면 나를 대신 그 틈을 메꿀 생각으로 남겨 두는 거란 말이지? 이런 망할 놈. 내가 그 계략에 넘어갈 줄 알고."

이튿날, 나는 학교에 나가서 교장실에 들어가 담판을 시작했다.

"어째서 저에겐 사표를 내라고 안 하셨습니까?"

"어?" 하고 너구리는 어처구니없다는 얼굴을 했다.

"홋타에게는 내라면서 저는 안 내도 좋습니까?"

"그건 학교 측의 사정으로……."

"그 사정이 잘못됐단 말입니다. 제가 안 내도 된다면 홋타 선생 역시 낼 필요가 없겠지요."

174

"그 점은 설명하기 힘듭니다. 훗타 선생이 그만두는 건 어쩔 수 없지만, 선생이 사표를 내야 할 필요는 없으니까."

과연 너구리다. 알 수 없는 소리만 늘어놓고, 게다가 침착하기까지 하다. 나는 할 수 없어서 "그럼 저도 사표를 내지요. 훗타 선생 혼자만 사표를 내게 하고, 제가 편안하게 여기에 남아 있을 수 있다고 생각하셨는지는 모르겠습니다만, 저로서는 그렇게 인정머리 없는 짓은 할 수 없습니다."

"그건 곤란합니다. 훗타 선생도 떠나고 선생도 가면, 수학 수업은 전혀 할 수 없게 되니까……."

"할 수 없게 되어도 제가 알 바 아닙니다."

"선생님, 그렇게 자기 고집만 부리지 말고, 조금쯤은 학교 사정도 생각해 주어야 하지 않겠습니까? 그리고 부임해 와서 한 달이 될까 말까 한데 사표를 내면, 앞으로의 이력에도 문제가 되니까, 그 점은 조금 생각하는 게 좋지 않겠어요?"

"이력 같은 거야 무슨 상관입니까? 이력보나는 의리가 더 중요합니다."

"그것도 옳은 말입니다. 선생이 하는 말은 하나하나 모두 다 옳지만, 내가 하는 말도 조금은 들어 주세요. 선생이 꼭 사표를 내겠다면 사표를 내도 좋으니까, 후임이 있을 때까지는 아무쪼록 해 주었으면 합니다. 어쨌든 집에 가서 다시 한 번 생각해 보세요."

다시 생각을 해 보라니. 다시 생각할 필요도 없게 명명백백하지만, 너구리의 얼굴이 붉으락푸르락해지는 것이 불쌍해서 우선 다시 생각하기로 하고 물러났다. 빨간 셔츠에게는 말도 건네지 않았다. 어차피 할 거라면 한꺼번에 몰아서 호되게 몰아치는 게 낫다.

거센 바람에게 너구리와 담판한 상황을 이야기했더니, 뭐 대충 그럴 거라고 생각했다며 사표 건은 그냥 두는게 좋겠다고 이야기해서 거센 바람 말대로 했다. 아무래도 거센 바람이 나보다 영리한 것 같으니까 모든 일을 거센 바람의 충고에 따르기로 했다.

거센 바람이 드디어 사표를 내고 직원 일동에게 고별 인사를 한 뒤 해변에 있는 미나토야까지 내려갔다. 하지만 아무도 모르게 되돌아와서 온천 거리에 있는 여관 마스야의 2층에 숨어서 창호지에 구멍을 뚫고 밖을 내다보기 시작했다. 이것을 알고 있는 사람은 나뿐이었다.

빨간 셔츠가 숨어드는 것은 어차피 밤이다. 그것도 초저녁에는 학생이나 그 외의 사람들 눈이 있으니까, 적어도 9시가 넘어서 올 것이다. 처음 이틀 밤은 나도 밤 11시무렵까지 망을 보았으나, 빨간 셔츠는 그림자도 안 보였다. 사흘째는 9시에서 10시 반까지 내다보았으나, 역시 헛일이었다.

허탕을 치고 한밤중에 하숙집으로 돌아가는 일처럼 한심한 짓은 없다. 4, 5일 지나자 하숙집 할머니가 조금 걱정스러운지 "색시가 있

는데 밤에 돌아다니는 건 안 하는 게 좋지유."라고 충고했다. 내가
돌아다니는 것은 놀려고 돌아다니는 것과는 다르다. 이쪽은 하늘
을 대신해서 천벌을 내리려고 돌아다니는 것이다. 그렇기는 하지만
일주일이 지나도록 전혀 성과를 거두지 못하자 역시 싫증이 났다.
나는 성격이 급해서 일단 열중을 하면 밤을 새워서라도 일을 하지
만, 그 대신 무슨 일이고 길게 가지는 못한다. 아무리 하늘을 대신하
는 일이라도, 싫증이 나는 것은 별로 다르지 않았다. 엿새째는 조금
싫증이 났고, 이레째는 그만 쉬고 싶어졌다. 거기에 비하면 거센 바
람은 끄떡도 없다. 초저녁부터 밤 12시가 넘는 시간까지 눈을 창호
지에다 대고 가도야의 가스등 아래를 줄곧 노려보고 있다. 내가 갈
때마다 오늘은 손님이 몇 명 있었고, 묵는 사람이 몇 명, 여자가 몇
명 하며 여러 가지 통계를 말해 주는 데는 나도 놀랐다. "이거 아무
래도 안 오는 게 아닐까?"라고 말하면, "아니, 틀림없이 올 거야." 하
며 이따금 팔짱을 끼고 한숨을 쉬었다. 가엾게도 만약 빨간 셔츠가
이곳에 한 번도 와 주지 않는다면, 거센 바람은 한평생 천벌을 내릴
수 없게 되는 것이다.
　여드레째 되는 날은 7시쯤 하숙집을 나와서 천천히 목욕을 하고,
그다음에 거리에서 달걀을 여덟 개 샀다. 이것은 하숙집 할머니의 고
구마 공세에 대비하는 방어책이다. 그 달걀을 네 개씩 양쪽 소매 속
에 넣고, 빨간 수건을 어깨에 걸치고 팔짱을 긴 채 마스야의 계단을

올라갔다. 거센 바람이 있는 방의 장지문을 열었더니, "이것 봐, 희망이 있어, 희망이 있어." 하며 험상궂은 얼굴이 활기를 띠었다. 어젯밤까지는 조금 우울한 기미가 있어서 곁에서 보고 있는 나까지도 우울한 기분이 들 정도였는데 환한 얼굴을 보니 나도 기분이 좋아졌다. 그래서 어찌된 것인지는 묻지도 않고 "좋아, 좋아." 하고 말했다.

"오늘 저녁 7시 반쯤 저 고스즈라는 기생이 가도야로 들어갔네."

"빨간 셔츠와 함께 말이야?"

"아니."

"그럼 틀렸잖아."

"기생이 두 명이었는데. 아무래도 잘될 거 같은데."

"어째서?"

"어째서라니, 교활한 놈이니까 기생을 먼저 보내 놓고, 나중에 몰래 올 거야."

"그럴지도 모르겠네. 벌써 9시 됐지?"

"지금 9시 12분이야." 하고 허리띠 사이에서 시계를 꺼내 보면서 말하더니, "이봐, 불 좀 꺼. 창호지 문에 까까머리 두 개가 비치면 이상하잖아. 여우는 의심이 많거든."

나는 옻칠한 책상 위에 놓여 있던 탁상 램프를 훅 불어 꺼 버렸다. 별빛 때문에 창호지만 약간 밝았다. 달은 아직 뜨지 않았다. 나와 거센 바람은 열심히 창호지에 얼굴을 대고서 숨을 죽였다.

땡, 하고 괘종시계가 9시 반을 알렸다.

"근데 정말 올까? 오늘 밤에도 안 오면 나는 더 이상 못할 것 같네."

"나는 돈이 떨어질 때까지 할 거야."

"돈이라니, 얼마나 있는데?"

"오늘까지 해서 여드레 치로 5엔 60전을 냈어. 언제 나가도 괜찮게 매일 밤마다 계산하고 있는 거야."

"그거 생각 잘했네. 여관에서 이상하게 생각하지 않던가?"

"여관은 상관없지만, 항시 마음을 놓을 수 없으니까 피곤해."

"그 대신 낮잠을 자겠지?"

"낮잠은 자지만 외출을 못하니 답답해 죽겠어."

"하늘을 대신해 벌주는 일도 쉬운 일은 아니네. 나쁜 녀석들을 잡으려고 하늘이 친 그물인데 이것끼지 빠져나간다면 안 될 텐데."

"무슨 소리야, 오늘 밤엔 꼭 와. 어이, 저거 봐! 저거." 하고 목소리가 작아져서, 나도 모르게 가슴이 철렁했다. 검은 모자를 쓴 사내가 여관집의 가스등을 아래에서 올려다보다가 어두운 쪽으로 지나갔다. 빨간 셔츠가 아니다. 이런, 이런. 그러는 동안에 카운터의 시계가 거침없이 10시를 쳤다. 오늘 밤도 끝내 틀린 것 같다.

세상은 꽤 고요했다. 유곽에서 울리는 북소리가 손에 잡힐 듯이 들린다. 달이 산 뒤쪽에서 불쑥 얼굴을 내밀었다. 거리는 밝다. 그때 아래쪽에서 사람 소리가 들리기 시작했다. 창으로 고개를 내밀 수가 없으니까 모습을 확인할 수는 없지만 점점 가까워지는 것 같다. 딸각딸각 하고 나막신 끄는 소리가 들린다. 눈을 바짝 대고 보니까 두 사람의 그림자가 보일 정도까지 가까이 와 있었다.

"이제 안심이군요. 방해하는 녀석을 쫓아 버렸으니까."

틀림없는 알랑쇠의 목소리다.

"힘만 센 척했지 계략이 없으니까 할 수 없지요."

이것은 빨간 셔츠다.

"그 녀석도 바보 멍청이를 닮았어요. 바보 멍청이로 말하자면, 그래도 의리 있는 도련님이라 귀엽지만요."

"월급을 올려준대도 싫다고 하고, 사표를 내겠다고 하고. 아무래도 정신이 이상한 놈이 틀림없어요."

나는 창문을 열고 2층에서 뛰어내려 흠씬 두들겨 패 줄까 하다가 거우 참았다. 두 놈은 "하하하하." 웃으면서 가스등 아래를 지나 여관 안으로 들어갔다.

"이보게."

"이보게."

"왔네."

"드디어 왔군."

"이제 겨우 안심했네."

"알랑쇠 자식, 나를 의리 있는 도련님이라고 지껄였겠다!"

"방해하는 녀석이란 날 말하는 거야. 무례한 놈."

두 사람이 돌아가는 길에 덮쳐야 한다. 그러나 두 사람이 언제 나올지 짐작이 가지 않는다. 거센 바람이 아래로 내려가 어쩌면 밤중에 일이 있어서 나가게 될지도 모르니까, 나갈 수 있게 해 달라고 부탁하고 왔다. 지금 생각하니 여관에서 용케도 승낙을 했다. 어지간하면 도둑으로 오해받을 일이다.

빨간 셔츠가 오기를 기다리고 있는 것도 괴로운 일이었지만, 나오는 것을 가만히 기다리고 있기란 여간 괴롭지 않았다. 잠을 잘 수도 없고, 줄곧 장지문 틈으로 내다보고 있는 것도 힘들고, 이래저래 마음이 차분하게 진정되지 않았다. 이처럼 괴롭기는 처음이었다. 차라리 여관으로 뛰어들어 가서 현장을 덮치자고 했지만, 거센 바람은 한마디로 내 제안을 묵살했다. "우리들이 지금 뛰어들어 가 봤자, 불량배라고 하면 목적도 이루기 전에 중간에서 제지당할 거야. 사정을 말하고 만나기를 청해도 없다고 하거나 다른 별실로 옮기겠지. 아무도 안 보는 틈을 이용해서 안으로 들어갈 수 있다고 해도, 몇십 개나 있는 방 중에 어디 있는지 알 수도 없고. 갑갑해도 나오기를 기다리는 수밖에 별도리 없네."

겨우 아침 5시까지 견뎠다. 여관에서 나오는 두 사람의 그림자를 보자마자, 나와 거센 바람은 바로 그 뒤를 밟았다. 첫차는 아직 멀었기 때문에 두 사람 다 성 안까지 걸어가야 했다. 온천 거리를 벗어나면 백 미터쯤은 삼나무 가로수가 늘어서 있고, 그 좌우로 논이 있다. 그곳을 지나면 곳곳에 초가집이 있고, 밭 가운데를 가로질러서 가면 마을로 통하는 한 줄기 둑이 나온다. 온천 거리에서만 벗어나면 어디에서 따라붙어도 상관없지만, 될 수 있으면 인가가 없는 삼나무 가로수 길에서 덮치기로 했다. 따라가다가 숨고, 따라가다가 숨으며 뒤를 밟았다. 마을에서 벗어나자 갑자기 달리는 자세로 쏜살같이 뒤에서 따라붙었다. 뭔가 하고 놀라서 돌아보는 녀석에게 "기다려!" 하며 어깨에 손을 얹었다. 알랑쇠는 당황한 기색으로 도망가려는 눈치여서 내가 앞으로 돌아가 앞길을 막아 버렸다.

"교감이라는 자가 어째서 여관에 묵은 거야?" 하고 거센 바람이 다그치기 시작했다.

"교감은 여관에서 묵으면 안 된다는 규칙이라도 있나요?" 하고 빨간 셔츠는 여전히 정중한 말투로 대답했다. 얼굴빛은 조금 창백하게 질려 있었다.

"학생 지도에 안 좋으니까 국숫집이나 경단집까지도 들어가면 안 된다고 할 정도로 신중하고 점잖은 사람이, 어째서 기생하고 여관에 묵은 거야!"

알랑쇠가 틈을 봐서 달아나려고 하기에, 내가 앞길을 가로막고

"빌어먹을 도련님은 뭐야?" 하고 호통을 쳤더니, "아니, 선생을 말한 게 아닙니다. 절대로 아니에요." 하면서 뻔뻔스럽게 변명을 지껄였다. 이때 생각나는 게 있었다. 나는 아까부터 두 손으로 내 소맷자락을 붙잡고 있었는데, 쫓아올 때 소매 속의 달걀이 부딪쳐서 깨질까 봐 두 손으로 쥐고 온 것이다. 나는 얼른 소매 속에 손을 넣어서 달걀을 두 개 꺼내서는 "얏!" 하는 소리와 함께 알랑쇠의 낯짝에 집어던졌다. 달걀이 퍽 하고 깨지더니 콧등에서 노른자가 줄줄 흘러내렸다. 알랑쇠는 하늘이 무너지는 줄 알았는지 "으악!" 하면서 엉덩방아를 찧으며 살려 달라고 했다. 나는 먹으려고 달걀을 산 것이지, 던지려고 소매 속에 넣은 것은 아니었다. 단지 너무 화가 나서 던진 거였다. 얼결에 순간적으로 얼굴에 집어던졌던 것이다. 하지만 알랑쇠가 엉덩방아 찧는 것을 보고는 성공했다는 생각이 들어, "이 나쁜 자식! 이 나쁜 자식!" 하면서 나머지 여섯 개를 마구 집어던졌다. 결국 알랑쇠의 얼굴 전체가 노랗게 되었다.

내가 달걀을 던지고 있는 동안에 거센 바람과 빨간 셔츠는 아직도 한창 담판중이었다.

"기생을 데리고 내가 여관에 들어갔다는 증거가 있나요?"

"초저녁에 네 단골 기생이 여관에 들어간 것을 보고 하는 말이다. 속일 생각하지 마!"

"속일 필요는 없지요. 나는 요시카와 군과 둘이서 묵은 거예요.

기생이 초저녁에 들어갔건 말건, 내가 알 바 아니지요."

"입 닥쳐!" 하며 거센 바람은 주먹을 날렸다. 빨간 셔츠는 비틀거렸으나, "이건 폭력이야. 시비를 가리려면 말로 할 것이지 폭력을 쓰는 것은 무법이야." 하고 고함을 쳤다.

"무법이 뭐 어쨌다고!" 거센 바람이 주먹을 날렸다. "너 같은 간사한 녀석은 얻어맞아야 정신 차리지." 하고 퍽퍽 주먹을 날렸다. 나도 덩달아 알랑쇠를 실컷 두들겨 패 줬다. 나중에는 두 놈 모두 삼나무 밑동에 웅크리고 앉아서 움직일 수가 없는지, 어질어질한 것인지 달아날 생각도 하지 않았다.

"이만하면 충분해? 모자란다면 더 때려 줄게." 하고 둘이서 퍽퍽 두들겨 패 주었더니, "제발 그만." 하는 말이 돌아왔다. 알랑쇠에게 "너도 충분하냐?" 하고 물었더니 충분하다고 대답했다.

"너희들은 간사한 놈들이니까, 이렇게 천벌을 내리는 거다. 이번 일을 교훈 삼아서 앞으로는 조심하는 게 좋을 거야. 제아무리 교묘한 말솜씨로 변명을 한다 해도, 정의는 용서하지 않는다."

거센 바람의 말에도 두 사람은 잠자코 듣고 있었다. 어쩌면 입을 열 기운도 없었는지도 모른다.

"나는 달아나지도 않고 숨지도 않을 거야. 오늘 밤 5시까지는 해변에 있는 미나토야에 있을 거다. 볼일이 있으면 경찰이든 뭐든 보내라." 하고 거센 바람이 말했다. "나도 달아나지도 숨지도 않는다.

훗타와 같은 곳에서 기다리고 있을 테니까 경찰에 고소하고 싶거든 마음대로 해라." 나도 이렇게 말을 하고는 둘이서 총총걸음으로 걷기 시작했다.

내가 하숙집에 돌아간 것은 아침 7시가 되기 조금 전이었다. 방에 들어가서 이내 짐을 꾸리기 시작하자 할머니가 놀라며 "왜 그래유?" 하고 물었다. "할머니, 도쿄에 가서 색시를 데리고 올 겁니다." 하고 대답하고는 하숙비를 치렀다. 그리고 기차를 타고 해변에 있는 미나토야로 갔다. 거센 바람은 2층에서 잠을 자고 있었다. 나는 바로 사표를 쓰려고 생각했으나 뭐라고 써야 좋을지 몰라서 "저는 일신상의 이유로 사직하고 도쿄로 돌아가고자 하오니, 부디 허락하여 주시기 바랍니다."라고 써서 교장 앞으로 보냈다.

증기선은 저녁 6시 출항이었다. 거센 바람과 나는 피곤해서 쿨쿨 잤다. 눈을 떴을 때는 오후 2시였다. 종업원에게 경찰이 안 왔느냐고 물었더니, 안 왔다고 했다.

"빨간 셔츠도 알링쇠도 고발을 하지 못했구나." 하고 둘이서 크게 웃었다.

그날 밤 나와 거센 바람은 이 깨끗하지 못한 고장을 떠났다. 배가 부두에서 멀어지면 멀어질수록 기분이 좋아졌다. 고베에서 도쿄까지는 직행으로 갔다. 신바시에 도착했을 때는 이제야 세상 밖으로 나온 것 같은 기분이 들었다. 거센 바람과는 그때 헤어진 뒤로 오늘

날까지 만나지 못했다.

기요에 대한 이야기를 잊어버리고 있었다. 내가 도쿄에 도착하자마자 하숙집에도 가지 않고 가방을 든 채로 기요가 있는 곳으로 뛰어들어 갔다.

"기요, 나 왔어!"

"어머나, 도련님! 어떻게 이렇게 빨리 돌아오셨어요."

기요는 눈물을 뚝뚝 떨어뜨렸다. 나도 너무나 기뻐서 "이제 다시는 시골엔 가지 않을 거야. 도쿄에서 기요랑 함께 살 거야."라고 말했다.

그 후 어떤 사람의 주선으로 시내 전철의 기수가 되었다. 월급은 25엔이고, 집세는 6엔이었다. 기요는 현관이 붙은 집이 아니었어도 무척 만족하는 것 같았지만, 안타깝게도 올해 2월에 폐렴에 걸려 세상을 떠나고 말았다. 죽기 전날 나를 불러 "도련님, 부탁이에요. 기요가 죽거들랑 도련님 다니시는 절에 묻어 주세요. 무덤 속에서 도련님이 오시기를 낙으로 삼으며 기다리겠습니다."라고 말했다. 그래서 기요의 묘는 고비나타의 요겐지라는 절에 있다.

나쓰메 소세키의 『도련님』

오석륜

일본과 한국의 인기 작가, 나쓰메 소세키

나쓰메 소세키(1867-1916)는 일본 근대문학을 대표하는 작가의 한 사람이다. 1984년부터 2004년까지 20년 동안 천 엔짜리 지폐의 모델이었을 만큼, 많은 일본 국민들이 존경하는 작가이기도 하다.

또한 2001년 일본의 「아사히 신문」이 실시한 '지난 천 년 동안의 일본 문학 작가에 대한 독자 인기투표'에서 나쓰메 소세키는 1위를 차지했다. 그의 작가로서의 위치와 인기는 한국에서도 예외가 아니어서, 10여 년 전 서울대학교에서 발표한 '권장도서 100권' 목록에 노벨문학상 수상 작가인 가와바타 야스나리와 함께 나쓰메 소세키의 작품이 선정되기도 했다. 이처럼 나쓰메 소세키는 일본과 한국, 두 나라에서 작품성뿐 아니라 대중적 인기에서도 최고의 작가로 인정받고 있다.

그렇다면 그의 작품에는 어떤 매력이 있기에 사람들이 이토록 그를 좋아하고 그의 작품을 즐겨 읽는 것일까? 소세키 문학 연구자의 한 사람인 도쿄 대학 명예교수 고모리 요이치가 쓴 글을 살펴보면, 단서를 찾을 수 있다.

소세키는 같은 시대의 풍속이나 사건을 절묘하게 끼워 넣어 독자의 관심을 유도한다. 그러면서도 수준을 떨어뜨리지 않고 작품마다 다양한 실험을 시도한다. 그래서 비슷한 작품이 하나도 없다. 그의 작품은 순수 문학이면서 대중 소설이기도 하다. 또한 소세키는 20세기 초에 이미 근대 문명의 어두운 면에 공포감을 느꼈으며 그것을 통찰해 냈다. 현대를 살아가는 우리도 같은 시대의 시스템 아래에서 살고 있는 이상, 앞으로도 소세키의 작품은 계속 읽혀질 것이다.

소세키의 작품이 앞으로도 계속 읽혀질 것이라는 전망과 함께, 작품의 성공 요인을 잘 분석하고 있다.

또한 그의 손녀사위이며 소세키 문학 연구자인 한도 가즈토시도 소세키의 작품이 현대인에게 자주 읽히는 이유를 다음과 같이 설명하고 있다.

소세키의 작품은 현대 소설로도 읽힌다. 그가 소설을 집필한 시기는 러일전쟁(1904~1905)의 승리로 일본이 입신출세와 금권주의, 향락주의가 심해지던 시대였고, 한편으로는 오랜 불황으로 일본인들 사이에 염세주의가 확산되던 불안의 시대이기도 했다. 그 모습이 현대와 비슷하기 때문에 그가 그 당시 세상을 바라보며 다룬 주제 역시 오늘날에도 통하는 것이라 하겠다.

이 글에서는 소세키의 작품이 발표될 당시의 시대적 상황도 알 수 있어, 소세키의 소설을 이해하는 데 좋은 길잡이가 되어 준다.

『도련님』이 사랑받는 이유

소세키가 『도련님』을 발표한 것은 1906년, 그의 나이 39세 때였다. 이 작품을 비롯해 소세키의 소설은 대부분 러일전쟁이 끝난 해인 1905년부터 그가 세상을 떠난 해인 1916년까지 집중되어 발표되었다. 지금으로부터 100여 년 전의 일이다.

그는 우리에게도 익숙한 『나는 고양이로소이다』와 『도련님』 『풀베개』 『우미인초』 『산시로』 『그 후』 『행인』 『명암』 등 대표작들을 잇따라 발표하며 작가로서의 입지를 굳혔는데, 영국 유학의 경험을 바탕으로 한 풍부한 교양과 넓은 시야, 그리고 날카로운 비판 정신이 대부분의 작품 속에 잘 녹아 있다. 세상과 삶을 꿰뚫어 보는 작가의 혜안은 시대의 한계를 뛰어넘는 높은 주제 의식을 드러낸다.

『도련님』도 그런 평가의 동일선상에서 읽히는 소설이다. 우선 『도

런님』은 소세키의 많은 작품 중에서 대표작의 하나로 평가받을 만큼 많은 독자를 확보하고 있으며, 지금도 꾸준히 인기를 얻고 있다. 일반 독자뿐만 아니라 청소년들에게도 많이 읽혀지고 있다. 많은 독자들이 이 작품을 좋아하는 이유는 무엇일까?

일단 작품을 읽어 내려가다 보면, 등장인물들의 설정이 재미있어 독자의 호기심을 자극한다. 그 재미는 작품의 인물을 선과 악, 두 가지 축으로 명확하게 구분하여 구성한 데에서 비롯된다.

선의 축은 주인공 '도련님'과 수학 선생인 '거센 바람'이고, 악의 축은 교장인 '너구리', 교감인 '빨간 셔츠', 미술 선생인 '알랑쇠' 등이다. 전자는 밝고, 바르고, 따뜻하고, 맑다. 후자는 어둡고, 바르지 못하고, 차갑고, 불결하다. 하지만 만약 이 두 가지 대립에서 선의 축이 악의 축을 압도했다면, 소설 『도련님』은 별로 재미도 없었을 것이고, 작품 자체가 이렇게 큰 사랑을 받지도 못했을 것이다.

결국 이 선과 악에 대한 판결은 결과적으로 선의 축이 학교에서 추방당하는 것으로 끝난다. 그런 의미에서는 비극적인지도 모른다. 하지만 선의 축은 개인적으로나마 악의 축을 응징한다. 이런 결말에서 독자들의 공감이 생기고, 소설은 재미와 함께 많은 독자를 불러 모은다. 독자들은 악의 축과 싸워 나가는 도련님의 단순하면서도 통쾌하고 무모하기까지 한 행동에 쾌감을 느낀다. 그 당시 영국 유학까지 마치고 돌아온 소세키 특유의, 이른바 지식인 특유의 계산 같은 것은 개입되어 있지 않다. 그것은 곧 '정직을 추구하는 삶이 소중한 것'이라는 단순한 공감으로 이어진다고 볼 수 있다.

『도련님』은 소세키의 경험담일까?

소세키는 1895년 4월부터 1896년 4월까지 1년간 시코쿠 에히메 현 마쓰야마에 있는 중학교에서 영어 교사로 근무했다. 『도련님』은 그때 경험을 바탕으로 쓰여졌다고 보는 것이 일반적이다. 작품 속에는 '시코쿠 주위의 중학교'라는 표현은 나오지만, '마쓰야마'라는 구체적인 이름은 나오지 않는다. 또한 주인공이 날마다 다녔다고 하는 온천도 '스미다'라는 가공의 지명을 사용하고 있다. 하지만 소세키의 이런 이력을 알고 나면, 독자들은 이 작품의 공간적 배경을 마쓰야마라고 생각하며 읽을 수밖에 없을 것이다.

실제로 일본 시코쿠에 있는, 지은 지 100년이 넘은 도고온천은 나쓰메 소세키가 자주 찾았으며 『도련님』의 배경으로도 쓰였다고 해서, 지금도 많은 사람들이 찾고 있다. 온천 주위에는 『도련님』에 등장한 노면 전차나 유명한 경단집 등도 있어서 신빙성을 더해 준다. 또 작품에 등장하는 여러 인물들도 실제 인물을 모델로 한 것이 아닐까 하는 이야기가 있지만, 실제로 모델이 될 만한 인물은 없었다고 한다. 이 모든 게 별명을 붙인 등장인물들이 유난히 생생하게 잘 표현되어서 받은 오해인 듯하다.

순수하고 소박한 애정

소설 『도련님』의 또 하나의 매력은 작품의 주인공인 도련님과 도련님 집안의 하녀인 할머니 기요와의 사이에 형성된 순수하고 소박한 애정이다. 이 둘의 관계는 작품을 읽는 사람들의 가슴을 따뜻하게 해 주면서 동시에 안정감을 준다.

기요는 항상 말썽을 피우는, 무모한 성격의 소유자인 도련님이 하는 일이라면 무엇이든지 감싸고 본다. 작품의 맨 처음에 나오는 초등학교 때의 이야기처럼, 성장기에 보여 준 도련님의 성격은 지기 싫어할 뿐 아니라, 무모한 면이 많다. 비록 정직한 소년이라는 표현이 있기는 하지만, 가족과 주위 사람은 그를 무척 난폭하다고 생각하였다. 그러나 기요만은 긍정적인 시각으로 봐 준다. 도련님에 대한 절대적인 믿음과 기대가 작품 전편에 흐르면서 도련님을 지탱한다.

소세키는 작품 마지막에도 기요에 대해 큰 부분을 할애하며 끝을 맺는다.

기요에 대한 이야기를 잊어버리고 있었다. 내가 도쿄에 도착하자마자 하숙집에도 가지 않고 가방을 든 채로 기요가 있는 곳으로 뛰어들어 갔다.

"기요, 나 왔어!"

"어머나, 도련님! 어떻게 이렇게 빨리 돌아오셨어요."

기요는 눈물을 뚝뚝 떨어뜨렸다. 나도 너무나 기뻐서 "이제 다시는 시골엔 가지 않을 거야. 도쿄에서 기요랑 함께 살 거야.''라고 말했다.

도련님이 도쿄로 돌아와 유일하게 보고 싶었던 사람을 찾아가는
이 장면은 가슴 벅찬 감동을 준다. 작품 속 도련님은 비록 첫 사회생
활에서는 실패했지만, 그에게는 돌아갈 곳이 있었다. 그것은 기요의
품이었다. 궁극적으로 그리운 어머니의 품과 같은 곳이었다.

소세키의 이력을 보면, 그가 태어났을 때 그의 부모는 이미 나이
가 많았다. 그래서 5남 3녀 중 막내인 소세키는 태어나자마자 고물상
에 수양아들로 보내졌다. 또 그의 양부모는 소세키를 다시 고가구점
의 수양아들로 보내는 등, 방랑의 유년기를 보냈다고 전해진다. 그런
그의 이력과 연결해서 보면, 도련님이 찾은 그리운 품인 기요라는 존
재는 소세키가 갈망하는 따뜻함의 원천이었다고 추측할 수 있다.

소세키는 미완의 작품이 된 장편소설 『명암』에서 주인공인 쓰다
가 사랑하는 여인에게 '기요코'라는 이름을 붙였다. 『도련님』의 기요
와 『명암』의 기요코 사이에 어떠한 관계가 숨어 있는지는 학자들의
흥미로운 연구 과제가 되고 있다. 이것은 소세키가 독자들에게 던져
준 숙제인지도 모른다. 아무튼 이 작품 속에서 도련님에게 기울인 기
요의 순수한 애정은 작품에 재미를 더하며 주제를 더욱 명확히 해 주
는 요소임이 분명하다.

『도련님』의 가치와 의미

이처럼 소설『도련님』이 많은 독자를 확보하고 있는 이유, 즉 '작품 속 인물들을 선과 악으로 구분하여 설정한 것'과 '도련님에 대한 기요의 순수하고 소박한 애정의 묘사', 이것들은 결국 소세키 자신 속에 존재하고 있던 요소라고 생각할 수 있다. 소설『도련님』은 통속성이 풍부한 작품이지만, 그 통속성이 저속하게 흐르지 않고 예술성을 갖는다. 이것은 바로 소세키의 작가로서의 자질에서 비롯된 것이다.

이 작품은 얼핏 봐서 주제가 단순하고 명쾌하다. 또한 마지막까지 여유를 주지 않고 몰아붙이는 듯한 리듬이 작품 전체를 활달하게 만든다. 이러한 서술 방식 또한 독자들이 이 작품을 좋아하는 이유이다.

한편, 소설『도련님』은 작품 속에 등장하는 중학생들을 모두 좋지 못한 이미지로 그려 냈다는 점을 문제점으로 지적받는다. 그러나 그 이전에 일본 소설이 갖고 있던 어두운 이미지 대신에 유머와 비판 정신, 그리고 풍자의 정신을 쾌활한 수선로 그려 냄으로써 그전 소설들과의 차별성을 보여 주었다는 평가에도 귀를 기울이며 작품을 감상하는 것이 좋겠다.

우리 한국인들이 소세키에 대해서 관심을 가질 만한 사실이 하나 더 있다. 그것은 소세키가 우리나라에 다녀갔다는 기록이다. 『만주와 한국 이곳저곳』(1909년, 「아사히 신문」)이 바로 그것이다. 우리나라에 관한 연재는 하지 않았지만, 당시 우리나라에 관한 감상을 전하고 있어 매우 흥미롭다. 특히 서울을 방문했을 때 창덕궁의 비원을 보고는 이런 정원은 태어나서 처음 보았다며 감탄했다고 한다.

소설 『도련님』을 계기로, 동서양을 아우르는 지식의 소유자였던 소세키의 다른 작품들도 감상할 수 있는 시간을 가져보길 바란다.

끝으로 이 책은 번역의 텍스트로, 『坊っちゃん』(新潮文庫, 2012)을 사용하였음을 밝힌다.

나쓰메 소세키 연보

1867년   2월 9일, 에도 우시고메바바 시모요코초(지금의 도쿄 신주쿠 구)에서 5 남 3녀 중 막내로 태어나다. 본명은 나쓰메 긴노스케. 부모가 고령이었 기 때문에 태어나자마자 고물상에 수양아들로 보내진다.

1868년 1세   다시 아버지 친구 시오바라 집안에 양자로 보내진다. 이러한 복잡한 가 정환경이 예민한 감수성을 길렀고, 작품에도 영향을 미친다.

1870년 3세   천연두를 앓아 얼굴에 흉터가 생긴다. 이 흉터는 평생 그의 얼굴에 남는다.

1874년 7세   도다 소학교에 입학하여 우수한 성적을 거둔다.

1876년 9세   양부모가 이혼을 하는 바람에 생가로 되돌아온다. 이치가야 소학교로 전학한다.

1870년 12세   도쿄 부립 제1중학교에 입학한다.

1881년 14세   생모 지에의 사망으로 중학교를 중퇴하고 사립 니쇼 학사에 들어가 한학 을 배운다.

1883년 16세   대학 예비문 시험을 위해서 영어를 가르치는 세이리쓰 학사에 입학한다.

1884년 17세   대학 예비문 예과에 입학했으나 맹장염으로 복막염까지 앓는 바람에 낙제 를 하게 되었다. 그러나 이후에는 수석을 놓치지 않는 학구열을 보인다.

1888년 21세   제1고등중학교 영문과에 입학한다.

1889년 22세   소세키에게 문학적·인간적으로 많은 영향을 준 마사오카 시키와 만난
다. 마사오카 시키는 후에 하이쿠 작가로 유명해지는 인물로, 이 해 시키
의 문집에 비평을 쓰면서 처음으로 필명인 소세키를 사용한다.

1890년 23세   도쿄제국대학 영문과 입학. 염세주의가 나타나기 시작한다.

1892년 25세   징병을 피하기 위해 홋카이도로 적을 옮기고, 도쿄전문학교에서 강의를
시작한다.

1893년 26세   도쿄제국대학 영문과를 졸업한 후 대학원에 진학한다. 같은 해 10월에는
도쿄고등사범학교에 영어 교사로 부임하여 강의를 하기도 한다. 가족들
의 잇단 죽음과 함께 폐결핵, 신경쇠약 등이 나타난다.

1895년 28세   시코쿠 마쓰야마 시에 있는 중학교로 직장을 옮겼는데, 이곳에서의 체험
이 훗날 그의 대표작으로 유명해진 『도련님(坊っちゃん)』의 소재가 된다.

1896년 29세   마쓰야마의 중학교를 그만두고, 구마모토의 제5고등학교 영어 교사로
부임한다. 서기관장 나카네 시게카즈의 장녀 나카네 교코와 결혼하여 가
정을 꾸린다.

1900년 33세   문부성의 제1회 국비 유학생으로 영어 연구를 위해 2년간 영국 유학길에
오른다. 이 기간 동안 장인에게 보낸 편지에서, 영일동맹에 들떠 있는 일
본인들을 비판하고, 대규모의 저술을 계획하고 있는 자신의 포부를 밝힌
다. 그러나 소세키가 정신 이상자가 되었다는 소식이 일본에 전해져 문
부성에서 사람을 보내 확인하는 등 소동이 벌어지기도 한다.

1903년 36세   영국에서 귀국. 제1고등학교와 도쿄제국대학에서 강의를 시작한다. 유학 생활은 그에게 예민하고 우울한 자아를 남겼으며, 이는 귀국 후에도 쉽게 회복되지 않는다.

1905년 38세   신경 쇠약을 완화하기 위해 『나는 고양이로소이다(吾輩は猫である)』를 집필한다. 이 작품은 이듬해 하이쿠 잡지 「호토토기스(ホトトギス)」에 발표되어 호평을 받는다. 이와 함께 『런던탑(倫敦塔)』, 『칼라일박물관(カーライル博物館)』, 『환영의 방패(幻影の盾)』 등을 연이어 발표한다.

1906년 39세   『도련님』과 『풀베개(草枕)』를 발표한다. '목요회'라는 모임이 생긴다. 이는 소세키의 문하생들이 매주 목요일에 방문한다고 하여 붙여진 이름이다. 이 모임에는 물리학자이며 수필가인 데라다 도라히코, 소설가이며 아동문학가인 스즈키 미에키치 같은 사람들이 있었고, 후에는 일본 단편 소설을 대표하는 작가 아쿠타가와 류노스케도 그의 문하에 들어왔다. 다이쇼 시대의 주축이 된 뛰어난 작가를 길러 낸 것도 주목할 만한 그의 이력 중의 하나이다.

1907년 40세   교직을 그만두고 「아사히 신문」에 입사하여, 전업 작가의 길을 걷게 된다. 이후 『우미인초(虞美人草)』등 많은 작품을 이 신문사에 연재하게 되는 인연을 맺는다.

1909년 42세   만주와 한국을 여행한다. 「만주와 한국 이곳저곳(滿韓ところどころ)」은 그때의 경험을 토대로 쓴 것이다. 「아사히 신문」에 연재하였으나, 아쉽게도 조선 여행에 관한 것은 신문에 실리지 않았다. 신의주, 평양, 개성, 경성 등을 방문하였는데, 특히 창덕궁의 비원을 보고는 태어나서 이런 정원은 처음 보았다고 그 감상을 이야기했다고 한다.

1910년 43세   요양하러 간 슈젠지 온천에서 피를 토하는 등 위독한 상태에 빠진다. 이

때 사경을 헤매던 경험은 그의 작품에도 영향을 끼친다.

1911년 44세   문부성으로부터 문학박사 학위 수여를 통보받았으나, 불쾌함을 드러내며 수여를 거부한다.

1912년 45세   『행인(行人)』의 연재를 시작했으나, 신경쇠약과 위궤양의 재발로 연재가 중단된다.

1916년 49세   『명암』을 집필하던 중 위궤양으로 인한 내출혈로 사망한다. 12월 9일, 그의 나이 49세였다.